maritim

Das Buch

Korvettenkapitän Arne Thomsen hat es mit U 2532 und seinen Männern geschafft, den Zweiten Weltkrieg zu überleben und befindet sich in amerikanischer Kriegsgefangenschaft. Natürlich hat er zu diesem Zeitpunkt keinerlei Ahnung davon, dass die US Navy mit GUPPY ein geheimes Programm ins Leben gerufen hat, das künftig ihre U-Boote schneller, leiser und für den Gegner noch gefährlicher machen soll. Umso überraschender kommt daher 1947 für Thomsen das Angebot, entlassen zu werden, wenn er in der Werftindustrie bei Electric Boat die Funktion eines U-Boot-Testkommandanten übernimmt. Eingedenk der nach wie vor schlimmen Verhältnisse im besetzten Deutschland willigt er unter der Voraussetzung ein, seine Familie in die Staaten nachholen zu dürfen.
Auf amerikanischer Seite rechnet allerdings niemand damit, dass es den Russen bereits geglückt ist, in das Projektteam einen Spion einzuschleusen. Erst bei den Unterwassererprobungen mit der *Minnow* findet Arne Thomsen heraus, was eigentlich wirklich gespielt wird, denn in dem Testgebiet treibt sich auch ein russisches U-Boot herum. Nach seiner Entdeckung muss dessen Kommandant unter allen Umständen verhindern, dass das GUPPY-Boot auftaucht und eine Positionsmeldung über ihn an die Navy funkt. Eine tödliche Partie Unterwasserschach beginnt …

Der Autor

Erik Maasch, gebürtiger Berliner, absolvierte die Marineschule Flensburg-Mürwik, nahm als Seeoffizier und U-Boot-Fahrer am Zweiten Weltkrieg teil und war als *Kapitän auf großer Fahrt* auf deutschen Kauffahrteischiffen zugelassen. Es folgten 30 Jahre als Lehrer und Schulleiter, bevor er sich ganz der Schriftstellerei widmete und zu einem der erfolgreichsten Autoren maritimer Spannungsliteratur wurde.

Mehr zu den 14 U-Boot-Romanen von Erik Maasch finden Sie unter www.ullstein-taschenbuch.de

Erik Maasch

U-Boot-Winter

Roman

Ullstein

Besuchen Sie uns im Internet:
www.ullstein-taschenbuch.de

Umwelthinweis:
Dieses Buch wurde auf chlor- und säurefreiem Papier gedruckt.

Originalausgabe im Ullstein Taschenbuch
1. Auflage August 2009
2. Auflage 2010

Umschlaggestaltung:
HildenDesign, München / Buch und Werbung, Berlin
Titelabbildung: © Matthias Kulka / zefa / Corbis
Satz: Pinkuin Satz und Datentechnik, Berlin
Gesetzt aus der Excelsior
Druck und Bindearbeiten: CPI – Ebner & Spiegel, Ulm
Printed in Germany
ISBN 978-3-548-28091-2

ERSTER TEIL

Kriegsgefangenschaft

»Und was nu?«

Ich blickte zum Himmel empor, strahlendes Blau, Sonnenschein, und um uns herum Stacheldraht … und zwischen den Baracken eingebettet unser Gärtchen, das anzulegen uns doch irgendwann genehmigt worden war. Zwar verfügt weder Willy Mertens noch ich über einen sogenannten grünen Daumen, aber wir hatten uns ja auch nur eine Beschäftigungsmöglichkeit verschaffen wollen, um wenigstens ein bisschen Abwechslung in die Monotonie unseres Lageralltags zu bringen. Ich sah mich um, doch unser Stückchen Land war picobello in Schuss, und es gab nichts mehr, was wir noch hätten tun können; kein Unkräutlein war zu entdecken, das danach verlangt hätte, gejätet zu werden. »Vielleicht gibt es ja mittlerweile neue Zeitungen«, sagte ich etwas lahm zu Willy.

Mertens gab einen abgrundtiefen Seufzer von sich. »Irgendwie hab ich fast den Eindruck, unser Grünzeug führt ein aufregenderes Leben als wir.«

Als wir an der Verwaltungbaracke vorbeikamen, nickten die dortigen Wachposten uns nur gelangweilt zu. Sechs Monate zuvor hätte der Anblick zweier mit einem Spaten »bewaffneter« U-Boot-Fahrer noch eine Panik ausgelöst. Aber mittlerweile hatte man sich gegenseitig aneinander gewöhnt, und im Rahmen des Möglichen war vieles einfach normal geworden. Wir schrieben den Mai 1946, und der Krieg war nunmehr ein Jahr vorbei.

* * *

Folton Barracks war ein relativ kleines Kriegsgefangenenlager, jedenfalls gemessen an den Dimensionen anderer Lager, und doch waren wir froh gewesen, als Kombattanten dort gelandet zu sein, denn es hatte auch etliche U-Boot-Besatzungen gegeben, die zunächst in Gefängnisse gekommen und dort wie Verbrecher behandelt worden waren. Und natürlich trieb uns die Sorge um, was die Sieger wohl mit uns anstellen würden.

Nunmehr, zwölf Monate später, wussten wir mehr. In Frankreich schufteten Kriegsgefangene in Kohlenminen, in Deutschland verhungerten sie in den Rheinwiesenlagern zu Tausenden, weil es einfach unmöglich war, Nahrungsmittel für mehr als eine Million Menschen in ausreichender Menge heranzuschaffen, und in England … na ja, die Tommys hatten sich allenfalls dann für die Genfer Konvention interessiert, wenn es um ihre eigenen Leute ging. Dass in englischen Lagern die Prisoners of War verhungerten, war ein offenes Geheimnis. So gesehen hatten wir es in den Vereinigten Staaten gut, denn Kohldampf musste keiner von uns schieben. Abgesehen von einigen kleineren Vorfällen, bei denen Gefangene von Polen, die von der Army als Wachen eingesetzt wurden, verprügelt worden waren, ging es aber im Großen und Ganzen bei uns friedlich zu. Kriegsgefangenschaft in den USA beinhaltete für uns in erster Linie Langeweile und Zukunftssorgen. Deutschland lag in Trümmern, die Menschen hungerten, und wir wussten nicht, was aus unseren Familien und Freunden geworden war. Wir wollten zurück nach Hause, wobei der Wunsch, heimzukehren, bei denjenigen, deren Angehörige in der Besatzungszone lebten, wesentlich stärker ausgeprägt war als bei den anderen, die aus Gebieten stammten, die zur französischen oder, schlimmer noch, russischen Besatzungszone zählten.

Was unser Schicksal anbelangte, so war uns nicht geheuer, dass Frankreich mehr Kriegsgefangene der USA haben wollte, um sie als Arbeitskräfte in den Kohlenminen einzusetzen, denen nachgesagt wurde, dass dort die Lebenserwartung noch etwas niedriger lag als in den Gefangenenlagern in Sibirien. Die amerikanischen Zeitungen berichteten offen darüber, und natürlich machte sich jeder so seine Gedanken, ob die USA diesen Forderungen nachgeben würden und ob man nicht selbst, sollte dies eintreten, in einen derartigen Transport gesteckt werden würde.

Passiert war aber bisher in dieser Richtung nichts, und Folton Barracks lag zudem weitab vom Schuss. Ein Drittel der Gefangenen bestand aus U-Boot-Offizieren, ein weiteres machten Offiziere aus dem Nordafrikacorps aus und der Rest war eine Mischung aus allen sonstigen Waffengattungen. Folton Barracks war ein reines Offizierslager mit Leuten, deren politische Unbedenklichkeit, was immer das auch bedeuten mochte, festgestellt worden war und gegen die keinerlei Beschuldigungen wegen Kriegsverbrechen vorlagen. Es gab zwar ab und zu sogenannte Verhöre, aber diese fanden nicht in irgendwelchen Folterkellern statt, sondern in der Verwaltungsbaracke. Neben amerikanischen Militärs nahmen an diesen Befragungen auch nicht Uniformierte teil, darunter gelegentlich auch ein grauhaariger Professor für Politikwissenschaften der Universität von Connecticut.

Alles in allem hatten wir also ein derartig geruhsames Leben, dass dies schon fast wieder lästig war. Da gemäß der Genfer Konvention Offiziere nicht zur Arbeit verpflichtet werden konnten, wurden uns von vornherein nicht einmal erlaubte Tätigkeiten etwa im Bereich von Reparaturarbeiten im Lager angeboten, da diese hätten angemessen entlohnt werden müssen. Das kleine Gärtchen, das zu betreiben Mertens und mir zugestanden wurde, galt deshalb auch ausdrücklich nicht als lohnpflichtige landwirtschaftliche Arbeit.

»Es gibt mal wieder Besuch, Herr Käpten«, verkündete Oberleutnant Bär mit der ihm eigenen mauligen Gleichgültigkeit. Auch er hatte mit zu der Besatzung von *U 2532* gehört, die nach Operation Wikingerblut in amerikanische Gefangenschaft gegangen war, wobei lediglich der vierte von uns Offizieren, der Leitende Ingenieur, nicht hierher verlegt worden war.

»Und?«, fragte ich zurück.

Der Oberleutnant schwang in aller Gemütsruhe die Beine von seiner Koje runter. »Kein und. Lediglich einer von den Wachheinis war schon hier und hat sich erkundigt, wo Sie stecken. Im Moment ist Rosky beim Vorsingen.«

»Dann werd ich mich mal besser auf den Weg in die Verwaltung machen für den Fall, dass die dort bereits auf mich warten sollten.« Für einen Augenblick blieb ich aber noch neben den Doppelstockbetten stehen. »Herr Mertens, an Sie ergeht der ehrende Auftrag, die Zeitungen mit Klauen und Zähnen zu verteidigen, falls nötig.«

»Jawoll, Herr Käpten, Kampfauftrag verstanden!«, witzelte Mertens. Ohne den Zwang der Kommandokette waren wir mittlerweile schon lange richtig gute Freunde geworden, auch wenn wir die militärischen Umgangsformen schon noch beibehielten, weil das in einem Offizierslager nach wie vor als angebracht galt. Folton Barracks mochte verstehen, wer da wollte, ich gehörte jedenfalls nicht dazu. Kapiert hatte ich aber immerhin inzwischen, dass das, was die Amerikaner als »interrogation« bezeichneten, beim besten Willen nicht mit »Verhör« übersetzt werden konnte, auch wenn es tausend Mal so im Wörterbuch stand. Deshalb hatte ich auch nicht einmal den Anflug eines mulmigen Gefühls, als ich zum Verwaltungsbau hinüberschlenderte, vor dem gleich zwei Fremdfahrzeuge standen, was darauf hindeutete, dass diesmal offenbar zwei Befragungsteams angereist waren.

»Schön, dass Sie schon da sind, Commander Thomsen, ich wollte nämlich bereits jemanden zu Ihrem Krautgarten losschicken«, erklärte Lieutenant Harper, die rechte Hand von Lieutenant Colonel Warner, unserem Lagerkommandanten.

Um geistig nicht einzurosten, hatte ich die Zeit der langen Wintermonate, die hinter uns lag, fleißig dafür genutzt, mein Schulenglisch mehr als nur wieder kräftig auf Vordermann zu bringen, weshalb ich keinerlei Probleme hatte, mich mit Harper zu unterhalten. »Auf unserer Stube habe ich gesagt bekommen, einer Ihrer Wachposten habe nach mir gefragt, und den Rest konnte ich mir dann denken.«

»Die Gentlemen, die heute zu uns ins Camp gekommen sind, gehören der Navy an.« Und mit einem leicht warnenden Unterton füge er hinzu: »Mit dabei auch ein ... äh ... Angehöriger einer nicht militärischen Dienststelle. Im Moment unterhalten sich die Herrschaften allerdings noch mit Mister Rosky, weshalb es noch etwas dauern kann, bis Sie drankommen, Sir.« Er deutete auf ein Sideboard, auf dem ein

Tablett mit Tassen und einer Thermoskanne stand. »Wenn Sie möchten, dann können Sie sich gern einen Kaffee nehmen.«

»Rosky ist, wenn mich nicht alles täuscht, doch Ingenieur?«, fragte ich, während ich von dem Angebot Gebrauch machte und mich bediente.

»Na und? Das schließt ja nicht aus, dass er nicht auch etwas zur Aufklärung des Schicksals etlicher vermisster Schiffe beitragen könnte«, meinte der Lieutenant und wandte sich wieder den Unterlagen auf seinem Schreibtisch zu.

Das war in der Tat ein Thema, das uns alle miteinander wohl noch auf Jahre hinaus beschäftigen würde. U-Boote hatten mit ihren Torpedos Frachter versenkt, ohne deren Namen gekannt zu haben, Kriegsschiffe und Flugzeuge hatten mit ihren Wasserbomben anonyme U-Boote auf den Meeresgrund geschickt, und darüber hinaus gab es unzählige Schiffe, für deren Untergang, wo auch immer, ausgelegte Seeminen gesorgt hatten. Geleitet von dem Gedanken, dass die Angehörigen der Besatzungen ein Recht darauf hatten, zu erfahren, was geschehen war, betrieben die Amerikaner ein gezieltes Aufklärungsprogramm.

Zehn Minuten später, in denen ich nur wartend herumhockte und Kaffee trank, ging eine Tür auf, und ein Commander betrat das Büro und kam auf mich zu. »Commander Thomsen?«

Ich nickte leicht mit dem Kopf und stand auf.

»Ich bin Commander John Hurtzig«, stellte er sich

vor und reichte mir die Hand. »Wir haben eine Menge Fragen an Sie.«

»Da bin ich mal gespannt.«

In dem nur mit einem Tisch und ein paar Stühlen karg möblierten Befragungsraum, zu dem Hurtzig mich führte, warteten bereits zwei weitere Herren in Uniform auf mich sowie ein Zivilist, dem ich schon mal vor rund einem Jahr an Bord des amerikanischen U-Bootes *Minnow* begegnet war. Damals hatte er sich Smith genannt*, wobei ich allerdings davon ausgegangen war, dass dieser Name fiktiv war.

»Nehmen Sie doch Platz, Commander«, forderte Hurtzig mich auf. »Da wir mehrere Themenkomplexe behandeln wollen, sollten Sie sich schon mal darauf einstellen, dass unser Gespräch etwas Zeit in Anspruch nehmen wird. Lieutenant** Walsh hier befasst sich mit der Aufklärung der Schicksale vermisster Schiffe, Lieutenant Commander Colder ist Spezialist für Antriebstechnik.« Commander Hurtzig zögerte kurz, bevor er weitersprach. »Und Mister Smith gehört der CIG an.«

Dessen Klarnamen würde ich wohl nie erfahren. »Und wofür steht diese Abkürzung, wenn ich fragen darf?«

---

* Siehe Erik Maasch: U 2532: Bis zum bitteren Ende

** Der amerikanische Lieutenant entspricht rangmäßig dem deutschen Oberleutnant, der Lieutenant Commander dem deutschen Kapitänleutnant oder Korvettenkapitän, der Commander einem Fregattenkapitän.

»Central Intelligence Group*, Abwehr im weitesten Sinne, wenn Sie so wollen.« Smith lächelte verbindlich. »Unser Interessenspektrum ist ziemlich breit.«

Das klang schon einmal nicht gut. »Und was macht mich für Ihre Abwehr so interessant?«

»Direkt gar nichts!«, sagte Smith trocken und amüsierte sich königlich über meine sichtliche Verblüffung. »Darauf können wir auch später noch zu sprechen kommen. Ich schlage daher vor, dass wir uns zunächst den etwas einfacher gelagerten Sachverhalten zuwenden. Lieutenant Walsh, dann machen Sie mal den Anfang.«

Der Lieutenant zog aus einer Mappe ein Konvolut aus Listen hervor und reichte es mir. »Diese Aufstellung beinhaltet die Namen von Schiffen, zu denen wir gerne mehr über den Ort und die Umstände ihres Untergangs in Erfahrung bringen möchten.«

Ich überflog kurz die erste Seite. »Da sind keine Versenkungen dabei, an denen ich in irgendeiner Form beteiligt gewesen bin.«

»Nein, aber darum geht es ja auch nicht. Da all die aufgeführten Schiffe mit hoher Wahrscheinlichkeit von U-Booten versenkt wurden, könnte es doch immerhin sein, dass jemand von deren Besatzungen in irgendeinem Zusammenhang Ihnen gegenüber den einen oder anderen Schiffsnamen erwähnt hat.

---

* Beim amerikanischen Außenministerium angesiedelter Nachrichtendienst, aus dem im Juli 1947 dann die CIA hervorging.

Damit hätten wir wenigstens einen kleinen Anhaltspunkt für weitere Nachforschungen.«

»Verstehe«, sagte ich und fing an, die zehnseitige Liste systematisch durchzugehen. Nach einer Weile stieß ich auf ein kleines Motorschiff mit nur 433 Bruttoregistertonnen. »Was hat denn der Schlepper *Worden* in Ihrer Sammlung verloren?«, fragte ich Walsh.

»Der gehörte zu einem Schleppzug vor der amerikanischen Küste, Mai 1942.«

Zu diesem Zeitpunkt saß ich bereits als Flottillenchef in Lorient ... und die Boote der Operation Paukenschlag kehrten zum zweiten Mal von der amerikanischen Küste zurück. »Heinrich Bleichrodt, der Kommandant von *U 109*, hat mal was erzählt, dass er dort einen einzelnen Frachter mit seinem Decksgeschütz versenkt hat, nachdem zwei Torpedos einfach unter dem durchgelaufen waren.«

»Einen Schleppzug hat er nicht erwähnt?«

»Nein, sondern nur, dass es kurze Zeit später einen Funkspruch von jemandem gegeben habe, der meldete, er sei torpediert worden. Könnte sein, dass ein Irrläufer eingeschlagen hat. Ansonsten war zu der Zeit nur noch *U 130* in dem Gebiet unterwegs, hat aber nach Mitte April, als es Ihren Tanker *Esso Boston* versenkte, ohne dass es dabei auf Ihrer Seite zu Verlusten kam, keine weiteren Schiffsberührungen mehr gehabt.«

Der Lieutenant machte sich ein paar Notizen. »Das hilft mir aber schon einmal weiter. Gibt es eventuell sonst noch irgendwelche Namen, mit denen Sie etwas verbinden?«

Also ging ich auch noch treu und brav den Rest durch, ohne fündig zu werden. »Tut mir leid, aber die sagen mir alle nichts.«

Walsh packte seine Liste wieder ein. »Das ist schon okay, Commander, und dass wir Sie dazu hören wollten, werden Sie ja sicher verstehen.« Er erhob sich. »Dann will ich mal noch ein paar der anderen U-Boot-Offiziere kontaktieren, um herauszufinden, ob denen ergänzend dazu noch etwas einfällt.«

»Dann lassen Sie sich nicht aufhalten, Lieutenant«, erklärte Commander Hurtzig.

Nachdem der junge Offizier den Raum verlassen hatte, herrschte für einen Augenblick Schweigen, und ich fragte mich, wer wohl der eigentliche Chef im Ring sein würde, Hurtzig oder Smith, der Mann vom Geheimdienst.

Die beiden wechselten einen kurzen Blick miteinander, bevor Hurtzig das Wort ergriff. »Commander Thomsen, wir möchten die Gelegenheit dieses heutigen Zusammentreffens auch für einen … äh … eher informellen Gedankenaustausch unter U-Boot-Fahrern nutzen.«

»Dann schießen Sie doch einfach drauflos mit ihren Fragen.« Was hätte ich auch anderes in meiner Situation darauf erwidern können?

Mit einem leichten Nicken des Kopfes bedeutete Hurtzig dem Lieutenant Commander, den nun folgenden Part zu übernehmen.

»Commander Thomsen, worin liegen Ihrer Meinung nach die Unterschiede zwischen deutschen U-Booten und unseren?«

»Commander Colder, diese Frage vermag ich so gut wie gar nicht zu beantworten, weil ich dafür Ihre Boote überhaupt erst einmal näher kennen müsste.«

Smith schaltete sich ein. »Sie sind aber doch zumindest einer von jenen drei Männern, die eines der Typ-XXI-Boote kommandiert haben, und Sie haben die *Minnow* selbst in See als Gegner erlebt. Sie wollen uns daher ja wohl nicht weismachen, sie hätten keinerlei Ahnung von dem Leistungsvermögen unseres Bootes?«

»Bestenfalls habe ich einen groben Eindruck davon gewonnen.«

»Und der wäre?«, hakte Colder nach.

»Die *Minnow* war über Wasser eindeutig schneller als wir und verfügte zudem über eine überlegene Radartechnik.« Eingedenk meines Kurzaufenthaltes an Bord der *Minnow* konnte ich mir nicht verkneifen hinzuzufügen: »Außerdem spricht für Ihre Konstruktion, dass, im Vergleich zu unseren Booten, erheblich mehr Wert auf den relativen Komfort der Besatzung gelegt wurde.«

Colder setzte eine Art überlegenen Lächelns auf. »Für unsere amerikanischen Boote war das ja wohl auch geboten bei einer Reichweite von über zehntausend Seemeilen und den langen Operationen im Pazifik …«

Das ging mir nun doch über die Hutschnur. »Die

Atlantikoperationen selbst unserer älteren Boote dauerten Wochen, und die Langstreckenboote blieben manchmal zwei bis drei Monate draußen.« Befriedigt registrierte ich, wie Colders Gesichtsfarbe wechselte.

»Über welche Reichweite verfügt denn *U 2532*?«

Ich sah Smith an, der die Frage gestellt hatte. »Fünfzehntausend und ein paar Zerquetschte, bei zehn Knoten durchschnittlicher Marschgeschwindigkeit.«

»Sieh einer an!«, lautete Hurtzigs erstaunter Kommentar dazu. »Und das wohl auch noch ganz, ganz geräuscharm!« Er zwinkerte mir schon beinahe kumpelhaft zu. »Sie dürfen ruhig zugeben, dass Adalbert Schnee den Engländern einen ziemlichen Bären aufgebunden hat, indem er behauptete mit *U 2511* bei Kriegsende noch erfolgreich an einen Kreuzer herangeschlichen zu sein und nur deshalb nicht gefeuert zu haben, weil er bereits Befehl zur Kapitulation erhalten hatte. Der Verband ist schließlich fünfzehn Knoten gelaufen.«

Ich sah ihn ruhig an. »Sie haben es daher bisher wohl nicht geschafft, beispielsweise mein Boot auch nur annähernd auf dessen Möglichkeiten hin auszutesten? Warum und weshalb ist eine Frage, die nur Sie selbst beantworten können. Ich vermute mal, technisch gesehen sind Sie darauf auch gar nicht angewiesen, denn schließlich haben Sie ja diesen Krieg gewonnen, und das wohl nicht auf Grund technischer Unterlegenheit.«

Die Wendung, die unser Gespräch genommen hatte, behagte dem Amerikaner nun offensichtlich ganz und gar nicht.

Smith von der CIG war derjenige, der sich zu einer Antwort durchrang. »Sagen wir es einmal so: Materiell und auch militärtechnisch konnten wir, im Zusammenspiel mit unseren alliierten Verbündeten, eindeutig mehr in die Wagschale werfen, als dass Deutschland dem hätte widerstehen können. Trotzdem gibt es etwa im Bereich des U-Boot-Baus Entwicklungen, zu denen beispielsweise Ihr ehemaliges Boot zählt, die auch für uns durchaus interessant sein könnten.«

»Niemand wird Sie daran hindern können, *U 2532* komplett zu zerlegen und jedes Detail unter die Lupe zu nehmen, es gegebenenfalls nachzubauen und dabei auch noch technisch zu verbessern«, stellte ich ganz sachlich fest.

»Mit dieser Annahme liegen Sie natürlich richtig«, bekannte Commander Hurtzig. »Uns ist jedoch mehr an Ihrer persönlichen Einschätzung des Typs XXI als Gesamtpaket gelegen.«

»Was sollte ich Ihnen darüber erzählen können, was Sie nicht ohnehin schon wissen? Klar ist das ein beeindruckender Bootstyp mit großer Reichweite und hohem Kampfwert, aber das ist ja wohl auch für Sie nicht gerade was Neues. Im Unterschied zu den älteren Modellen, die eher Tauchboote waren, sind die XXIer jedoch echte Unterwasserfahrzeuge. Und Ihre Vermutung, der Kommandant von *U 2511* habe den Thommys was vorgeflunkert, trifft daher auch nicht zu.«

»Wollen Sie damit sagen, die Geschichte ist wahr?« Hurtzig schaute nun doch etwas verdutzt drein.

»Mit fast achtzehn Knoten Unterwassergeschwindigkeit auf Grund der starken E-Maschinen an einen Verband heranzukommen, der nur fünfzehn läuft, ist nun gerade keine Kunst, zumal wenn man dadurch zu schnell für das britische ASDIC ist. Schnee hätte locker einen Bugfächer aus lagenunabhängigen Torpedos aus sechzig Metern Tiefe rein nach den Daten des Niblung-Geräts zu feuern und den Kreuzer zu den Fischen zu schicken vermocht.«

Für eine ganze Weile herrschte bei den Amerikanern betretenes Schweigen.

* * *

»Na, wie ist es gelaufen?« Mertens sah mich neugierig an, und unsere Gruppe, zu der im Wesentlichen die vier von Mohrmanns Boot sowie zwei, drei weitere Kameraden gehörten, die sich uns angeschlossen hatten, bildeten einen Kreis um mich. Oberleutnant Bär hielt sich wie üblich abseits. Wir beide hatten uns schon an Bord gegenseitig nicht sonderlich leiden können, und die gemeinsame Kriegsgefangenschaft hatte daran nichts zu ändern vermocht. Anders ausgedrückt, ich hielt ihn noch immer für einen Trottel.

»Los ging das Ganze mit der Durchsicht von ellenlangen Aufstellungen über versenkte Schiffe, bei denen sie immer noch nicht wissen, was sich zugetragen hat.«

Kapitänleutnant August Mohrmann, mit seinem Namensvetter und ehemaligem I WO Viktor nicht verwandt und nicht verschwägert, nickte. »Dieser Lieutenant Walsh ist auch bei uns mit seinen Listen rumgegangen und hat wohl auch, wenn mich nicht alles täuscht, den einen oder anderen Hinweis bekommen.«

»Das Verfahren erscheint mir zwar generell nicht bedenklich, trotzdem gilt: Vorsicht ist die Mutter der Porzellankiste, nicht, dass dabei wider Erwarten noch ein zweiter Fall *Peleus** zutage kommt. Von daher könnte es nicht schaden, wenn Sie die Herrschaften in dieser Hinsicht etwas vergattern.«

---

* Im einzigen Prozess, der nach dem Zweiten Weltkrieg von den Alliierten gegen die Mitglieder einer deutschen U-Boot-Besatzung geführt worden ist, wurden Kapitänleutnant Heinz-Wilhelm Eck und zwei seiner Offiziere von einem britischen Militärgericht zum Tode verurteilt und am 30. Nov. 1945 in Hamburg hingerichtet. Ihnen war vorgeworfen worden, auf Überlebende des von *U 852* versenkten griechischen Frachters *Peleus* im Wasser geschossen zu haben, um die Anwesenheit des Bootes in diesen Gewässern zu verschleiern. Es war der einzige Fall dieser Art, und bis heute streiten sich Rechtsexperten um die Legalität des Urteils, das Strafmaß sowie den Fall als solchen. Die Meinung der meisten U-Boot-Fahrer zu diesem Fall war allerdings eindeutiger, denn Ecks Handlungsweise stand in klarem Widerspruch zum Kodex der Marine, und so herrschte eher die Befürchtung, die in ihren Augen berechtigten Vorwürfe könnten pauschal auf alle deutschen U-Boot-Fahrer ausgedehnt werden.

»Sie sollten vielleicht besser vorher mit Oberst von Grenwitz darüber sprechen, ehe wir hier irgendeine Parole ausgeben.« Mertens verzog das Gesicht, als habe er Zahnschmerzen.

»Warum auch nicht?«, sagte ich so leichthin wie möglich, hatte aber allein schon bei dem Gedanken ein flaues Gefühl in der Magengrube. Innerhalb des Gefangenenlagers herrschte eine Art Selbstorganisation, wobei ich unter den U-Boot-Offizieren rangmäßig der höchste war. Allerdings rangierte Oberst von Grenwitz, der mit Teilen seines Regiments in Afrika gefangen genommen worden war, insgesamt nochmals eine Stufe höher, was ihn, ob es uns U-Boot-Fahrern nun passte oder nicht, zu einer Art zweitem Lagerkommandeur machte, der uns auch gegenüber Lieutenant Colonel Harper vertrat.

»Der Oberst wird bestimmt seine helle Freude haben!«, meinte August Mohrmann anzüglich. »Lassen Sie mich wissen, wie er sich zu diesem Vorschlag gestellt hat.«

»Als ob es darauf ankäme!«, sagte Willy Mertens abfällig. »Interessanter ist doch im Moment, was die Amis sonst noch so lange von Ihnen gewollt haben, Herr Käpten.«

»Ich habe den Eindruck, die blicken bei unseren Booten in technischer Hinsicht nach wie vor nicht gänzlich durch.«

Mertens konnte nur den Kopf schütteln. »Man glaubt es kaum! Die haben die Dinger doch schon ein Jahr, um daran herumzudoktern. Ne Atombombe haben sie hingekriegt, aber unsere Boote bekommen sie nicht in den Griff!«

»Sieht so aus.« Ich zuckte mit den Schultern. »Vielleicht hat ja jemand die Bedienungsanleitung verlegt.«

»Muss wohl so sein«, gluckste Viktor Mohrmann vergnügt.

* * *

In den nächsten Tagen geschah nicht viel, und jeder von uns versuchte sich auf seine Weise mit irgendwas zu beschäftigen, um die Zeit zwischen den einzelnen Mahlzeiten totzuschlagen. Der Krieg war vorüber und damit auch die Zeit der Einigkeit der Alliierten. Ich persönlich hatte sogar noch kurz vor Toresschluss eine ganz spezielle Kostprobe abbekommen, die mich bis Hanko geführt und etliche meiner Kameraden das Leben gekostet hatte*. Aber nun, nachdem Churchills Operation Unthinkable, der Plan, gemeinsam mit den USA die Sowjetunion zu unterwerfen, offensichtlich nicht mehr zur Debatte stand, schienen sich die Fronten zwischen den ehemaligen Verbündeten weiter zu verhärten. Zwischen England und Amerika schwelte ein Konflikt, was die Zukunft Deutschlands anging, Washington und Paris stritten sich um ein amerikanisches Wunschprojekt namens »Vereinte Nationen«, das nach dem Willen der USA

---

* Siehe Erik Maasch: U 2532: Bis zum bitteren Ende

den alten Völkerbund wieder aufleben lassen sollte. England und Frankreich zankten sich um Kriegsgefangene, und die Russen kapselten sich mehr und mehr ab und versuchten die Länder, die von der Roten Armee besetzt waren, unter ihre völlige Kontrolle zu bekommen, was wiederum vor allem den USA überhaupt nicht schmeckte.

Aber all das betraf uns nicht direkt, auf welchen Ebenen man auch immer über unser weiteres Schicksal verhandeln mochte. Uns, die wir als POWs inhaftiert waren, beseelte nur der eine Wunsch: zurück nach Hause zu unseren Familien. Ich hatte Anke und unsere Kinder schon seit beinahe zwei Jahren nicht mehr gesehen und wusste nicht einmal, wie es ihnen ging, eine Ungewissheit, die schmerzte. Für mich bestand nicht einmal die Möglichkeit, herauszubekommen, ob sie überhaupt noch auf Föhr waren oder ob es sie ganz woandershin verschlagen hatte. Doch gut bestellt war es um die Verhältnisse in Deutschland, nachdem, was wir in unserem Lager davon mitbekamen, nirgendwo; die Städte waren zerstört, die Menschen hungerten. Und ich konnte nicht einmal etwas tun, um meine Familie wenigstens zu finden. Niemals, nicht einmal während der ewig langen Wasserbombenangriffen auf unser Boot im Atlantik, hatte ich so sehr darauf gewartet, dass das Warten ein Ende haben und etwas geschehen möge. Und Zeit, mir über die Zukunft Gedanken zu machen, hatte ich mehr als reichlich. Ich war Offizier, das war alles, was ich gelernt hatte, und es war eine harte, gründliche Schule gewesen, die ich dabei durchlaufen hatte, nur war das eine Ausbildung, die im Nachkriegsdeutschland nicht mehr gefragt war. Wie viele von uns stand ich vor einem Nichts.

»Was hast du eigentlich vor, wenn du heimkommst?«, fragte ich Willy.

Mein Freund, der in unserem Gärtchen am Boden kniete, um unter den Blättern der Erdbeerpflanzen etwas Stroh auszubreiten, blickte zu mir auf. »Keine Ahnung, ich habe ja niemand, um den ich mich kümmern müsste. Eventuell studiere ich, wobei mich Architektur reizen könnte, denn irgendjemand muss Deutschland ja wieder aufbauen, schätze ich.« Er sah mich prüfend an. »Und du?«

»Wenn die Sache hier ein Ende hat, muss ich mir schnell was suchen, das Geld bringt, ich hab schließlich eine Familie zu ernähren. Wenn alle Stricke reißen, versuche ich mein Glück bei der Handelsschifffahrt und fahre eben wieder zur See.«

»Vielleicht ist es ja auch ganz gut, nicht zu wissen, was für ein Schicksal einem wirklich bestimmt ist«, meinte Willy melancholisch. »Glaubst du denn, dass die Amis und Russen sich gegenseitig noch irgendwann ernsthaft an den Kragen gehen werden?«

Ich schüttelte den Kopf. »Nein, ich hab eher den Eindruck, dass die Tommys heiß darauf zu sein scheinen, den Iwans ans Leder zu gehen, aber ohne die Amis werden sie das nicht tun, und die wiederum haben im Augenblick vom Krieg die Schnauze voll.«

Willy nickte nachdenklich mit dem Kopf. »Trotzdem haftet der Vorstellung einer Welt, die in zwei feindliche Blöcke geteilt ist, etwas Komisches an. Das haben nicht einmal wir fertiggebracht.«

»Neee, das war eher Deutschland gegen den Rest der Welt. Nicht besonders schlau, aber hinterher weiß man ja immer mehr.«

Ein Wachposten kam auf unseren kleinen Garten, der zwischen Küchentrakt und der Rückseite von Baracke zwei gelegen war, zugesteuert.

»Commander Thomsen?«

Ich hob die Hand. »Das bin ich!«

»Es gibt Besuch für Sie, Sir; und ich soll Sie abholen.«

»Etwa so, wie ich von der Gartenarbeit her aussehe?«

»Typisch Navy«, spottete der GI. »Bei der Infantry hätte sich keiner über schmutzige Pfoten Gedanken gemacht. Kommen Sie.« Der Gedanke schien ihn zu belustigen, denn er lachte immer noch leise vor sich hin, als er vor mir her zur Verwaltungsbaracke ging.

* * *

Commander Hurtzig in seiner weißen Navy-Uniform streckte mir die Rechte entgegen, doch ich hob abwehrend die Hände. »Verzeihung, Sir, aber der Wachposten hat mich mitten aus der Gartenarbeit gerissen.«

»Oh …«, Hurtzig stutzte kurz. »Das ist doch weiter kein Problem. Am Ende des Ganges befindet sich eine Toilette, und Sie können sich dort selbstverständlich erst einmal die Hände waschen, wenn Sie möchten.«

Ich wertete dies als Indiz dafür, dass die beiden Amerikaner etwas auf die freundliche Tour mit mir vorhatten. Als ich wieder in den Befragungsraum zurückkam, sah Smith, der Mann vom CIG, mich mit einem neugierigen Blick an. »Sie gärtnern, Commander?«

»Warum auch nicht? Irgendetwas muss der Mensch ja tun, und viel Auswahl gibt es nicht.« Aus einer Eingebung heraus beschloss ich, es ihnen einfacher zu machen. »In Anbetracht des langweiligen Lageralltags dürfte es hier kaum jemanden geben, dem ein vernünftiger Job nicht hochwillkommen wäre.«

»Verständlich«, räumte Hurtzig ein. »Zumindest bis zu dem Zeitpunkt, da wir Sie heimschicken.«

Meine Ohren spitzten sich selbsttätig. »Heimschicken?«

»Nun mal sachte!«, erklärte Smith. »Mir ist bekannt, dass Ihnen Zeitungen zur Verfügung stehen, und daher werden Sie ja auch wissen, dass es derzeit politische Auffassungsunterschiede gibt. Wir können natürlich nicht umhin, berechtigten Forderungen unserer Verbündeten nachzukommen, wobei allerdings hinsichtlich des Umfanges wohl noch Klärungsbedarf besteht.«

Ich wich seinem Blick nicht aus, obwohl sich mir plötzlich die Haare sträuben wollten. »Mit anderen Worten, die Franzosen wollen weitere deutsche Kriegsgefangene für ihre Minen?«

»Die Entscheidung darüber fällt auf politischer Ebene. Auf jeden Fall werden die USA keine Gefangenen nach Europa überstellen, solange diese Fragen nicht eindeutig geklärt sind.«

»Es kann also sein, dass …«

Smith winkte ab. »Wir wissen es nicht, Commander. Ihre Wehrmacht hat die halbe Welt kurz und klein geschlagen, und es gibt nicht wenige, die es nur für gerecht halten, wenn deutsche Soldaten jetzt helfen, alles wieder aufzubauen. Wirkliche Argumente dagegen gibt es kaum, aber das ist jetzt auch nicht unser Thema.«

Das Schlimmste an all dem war, dass Smith recht hatte. Ich atmete tief durch. »Und unser Thema wäre?«

»Ich nehme an, Sie sind nicht überrascht, wenn ich jetzt U-Boote sage«, erklärte Commander Hurtzig.

»Nicht wirklich.« Ich ließ mich unaufgefordert auf einem der Stühle nieder. »Ich nehme an, es gibt noch eine ganze Reihe von Fragen, die Sie gern beantwortet hätten.«

»Ein paar …« Smith zog sich einen Stuhl heran. »Aber eigentlich sind wir gekommen, um Ihnen ein Angebot zu unterbreiten.«

Ich sah ihn nur stumm an.

Er ließ sich Zeit, bevor er fortfuhr: »Soll ich Ihrem Schweigen entnehmen, dass Sie mit dergleichen gerechnet haben?«

»Vielleicht – vielleicht auch nicht!«, erwiderte ich bewusst vage. »Rücken Sie doch einfach mal mit dem heraus, was Sie von mir wollen.«

»Für erfahrene U-Boot-Leute, besonders solche, die sich mit der deutschen U-Boot-Klasse XXI auskennen, die ja wohl weltweit die modernste ihrer Art sein dürfte, hätten wir durchaus eine berufliche Verwendung. Für Sie, Commander Thomsen, hieße das, Sie bräuchten als Kriegsgefangener in gar keinem Fall damit rechnen, nach Frankreich oder England überstellt zu werden.«

»Wie wunderbar!« Ich tat kurz so, als müsste ich nachdenken. »Nur reicht mir das nicht!«

Smiths Versuch, mich wütend anzustarren, wich schnell einem breiten Grinsen und er wandte sich zu Hurtzig um. »Habe ich Ihnen dies nicht prophezeit, Commander?«

Der wirkte ebenfalls eher amüsiert denn verärgert, was mich auf den unangenehmen Gedanken brachte, die beiden könnten meine Antwort vorhergesehen haben. Der Commander zuckte beiläufig mit den Schultern. »Ich habe Ihnen ja auch nicht widersprochen, Mister Smith.«

»Was beinhaltet Ihr Angebot nun wirklich?«, wollte ich wissen.

Smith wurde wieder ernst. »Unser Anforderungsprofil, dem Sie entsprechen würden, habe ich Ihnen bereits umrissen. Bliebe also noch die Frage nach Ihren damit verbundenen Vorstellungen.«

Meine Vorstellungen? Ich hatte allenfalls geahnt,

dass sie mir mit so etwas kommen würden, weil es eigentlich naheliegend war. Bedingt durch den Krieg hatten sich fast alle Technologien rasant verändert. Es existierten Bomber mit Reichweiten, die 1940 noch utopisch gewesen waren, aus den alten U-Boot-Typen, die im Grunde nur tauchfähige Überwassereinheiten darstellten, waren echte Unterwasserfahrzeuge geworden. Amerika stand nunmehr einer neuen Herausforderung gegenüber, und die hieß Sowjetunion. Da die Iwans sich einen Haufen deutscher Technik unter den Nagel gerissen hatten, mussten die USA nun ihrerseits alle Anstrengungen unternehmen, um nicht ins Hintertreffen zu geraten. Und es war mein U-Boot-Know-how, das mich dabei für Uncle Sam interessant machte.

So genau ich mir diesen Teil der Angelegenheit überlegt hatte, so unklar war meine Vorstellung, was ich fordern sollte.

»Nun, wie ist es, Commander, haben Sie sich schon was überlegt?«, erkundigte sich Hurtzig.

Tja, was wollte ich eigentlich? Und auf einmal, als habe jemand einen Schalter umgelegt, ging mir ein Licht auf. Deutschland gut und schön, aber was war es denn, das mich mit aller Macht dort hinzog? Meine Familie, nichts anderes, denn die war meine ganze kleine persönliche Welt, auf die es mir ankam. Ich hatte diesen elenden Krieg überlebt, gekämpft, mein Leben riskiert für ein politisches System, dem ich nie nahegestanden hatte. Als Soldat hatte ich einfach nur meine verdammte Pflicht und Schuldigkeit getan. Nun war es erneut an mir, zu kämpfen, aber dieses Mal für diejenigen, die mir wirklich am Herzen lagen. Kein schlechter U-Boot-Kommandant gewesen zu sein bot im Heer der Arbeitslosen in Deutschland so gut wie keine berufliche Perspektive. Darüber machte ich mir auch überhaupt nichts vor. »Ich möchte einen einigermaßen gut dotierten Job haben und die Staatsbürgerschaft für meine Familie und mich.« Vermutlich war ich nicht minder über mich überrascht als die beiden Amerikaner.

»Mehr nicht?«

Ich nickte, obwohl mir das Herz bis zum Halse schlug, und fragte mich dabei, warum dieser verdammte Smith wie ein Kater lächelte, der gerade eine Maus gefangen hatte.

»Machbar ist manches«, meinte Hurtzig bedächtig, »auch wenn dies einen mächtigen Papierkrieg heraufbeschwören wird. So eine Einbürgerung bedeutet einen administrativen Kraftakt sondergleichen, doch zunächst müssen wir Sie erst einmal von Ihrem Status als POW erlösen. Ich nehme an, Ihre Frau hat keinerlei Ahnung von Ihrem Glück, Amerikanerin werden zu sollen.«

»Wie denn auch? Briefliche Kontakte wurden mir verwehrt, und ich weiß nicht einmal, ob meine Familie sich überhaupt noch auf Föhr befindet.«

Die beiden Amerikaner wechselten einen Blick, woraufhin Smith mir einen Block zuschob. »Dann schreiben Sie mir mal die Namen und Geburtsdaten Ihrer Angehörigen sowie die letzte Ihnen bekannte

Adresse auf. Unsere Firma hat schließlich auch in Deutschland ein paar Leute, die sich mal umtun können. Bei der Gelegenheit: Sagt Ihnen eigentlich Groton was?«

»Nicht, dass ich wüsste.«

»Das wird sich aber bestimmt schon bald ändern«, erklärte der CIG-Mann sichtlich amüsiert. »Groton ist ein wunderschönes Städtchen im New London County in Connecticut, hat so ungefähr zwanzigtausend Einwohner, ein paar gute Schulen und sogar einen regionalen Campus der University of Connecticut. Außerdem befindet sich dort die Naval Submarine Base New London sowie als größter lokaler Arbeitgeber eine Firma namens Electric Boat Company, wobei wohl nicht schwer zu erraten sein dürfte, was die wohl bauen.«

Er erhob sich. »Falls Sie dazu noch weitere Fragen haben, dann wird Commander Hurtzig Ihnen die sicher gern beantworten. Ich lasse sie beide jetzt allein, weil ich noch ein paar Telefonate tätigen muss.«

Nachdem er den Raum verlassen hatte, wandte ich mich an Hurtzig, der mich gespannt ansah. »Also, verraten Sie mir doch mal, Commander, wie der Mann wirklich heißt?«

Mit allem hatte der Offizier der US Navy gerechnet, nur nicht mit dieser an sich belanglosen Frage, die mir in diesem Augenblick aber wichtig war, ohne dass ich im Nachhinein sagen könnte, warum dies in jenem Moment eigentlich der Fall war.

Als Hurtzig sich wieder gefasst hatte, erwiderte er etwas gequält: »Ob Sie's glauben oder nicht: Smith.«

»Sie wollen mich wohl auf den Arm nehmen«, sagte ich skeptisch.

Der Commander schüttelte lächelnd den Kopf. »Nein, Smith stimmt schon, William Arthur Smith. Nur nimmt ihm das niemand mehr ab, was wohl an seinem Job liegen dürfte.«

ZWEITER TEIL

Kalter Krieg

Zwei Jahre waren vergangen, in denen mein Leben sich grundlegend gewandelt hatte. Es wäre gelogen, wenn ich behaupten wollte, die Veränderungen hätten mir nicht zugesagt. Im vergangenen Jahr hatten die Amerikaner angefangen, Kriegsgefangene zu entlassen, was sich aber für diese schnell als ein Schuss in den Ofen entpuppte, denn Briten und Franzosen bedienten sich ihrer rücksichtslos, um sie als billige Arbeitskräfte einzusetzen. Dieses Verhalten und der immer noch laufende Versuch, im Mittleren Osten, in den britischen Mandatsgebieten, einen neuen jüdischen Staat zu schaffen, hatte die Westalliierten einen großen Teil der internationalen Sympathien gekostet, die sie sich während des Krieges erworben hatten. Und nicht unerwartet traten auch die Spannungen, die zwischen den Alliiertern selbst bestanden, immer deutlicher zu Tage. England und die USA hatten die von ihnen besetzten Teile Deutschlands zur Bizone zusammengefasst. Dieses Vereinigte Wirtschaftsgebiet war kein Staat im eigentlichen Sinne, denn dafür fehlte es ihm an einer eigenen Souveränität. In der amerikanischen Presse wurde aber offen bereits darüber spekuliert, dass es nicht mehr lange dauern könne, bis England und Amerika einen Vorstoß in diese Richtung unternehmen würden.

Frankreich mit seiner Abgrenzungspolitik stand dem Ganzen eher zögerlich gegenüber, obwohl es zwischen den drei westlich besetzten Teilen bereits so viele Gemeinsamkeiten und Verbindungen gab, dass der Begriff »Trizone«, im Volksmund spaßhaft »Trizonesien«* genannt, aufkam!

Blieb der Ostalliierte – Russland. Dessen Politik zielte nach wie vor darauf ab, alle im Krieg eroberten Gebiete unter Kontrolle zu bekommen und zu halten. Polen, die Tschechoslowakei, Rumänien, Albanien, Bulgarien und Ungarn, das zeichnete sich ab, hatten die deutsche Besatzung lediglich gegen eine russische eingetauscht. Was Deutschland und die von den Russen besetzte Ostzone anbetraf, war eines so ziemlich klar: Sollten die Westalliierten ihre Zonen wieder in die Selbstständigkeit entlassen, dann würde Russland im Falle Ostdeutschlands diesen Schritt nicht tun.

Das war so in etwa mein Kenntnisstand, der vornehmlich aus amerikanischen Zeitungen stammte, denn ich selbst hatte in Deutschland im Jahr zuvor

---

* Aus dieser Zeit stammt auch der Karnevalsschlager »Wir sind die Eingeborenen von Trizonesien«, der unter anderem seinen Weg auch in die USA fand und relativ populär wurde.

nur relativ kurz geweilt, nachdem ich offiziell aus der Kriegsgefangenschaft entlassen, aber nicht repatriiert worden war. Mein Aufenthalt auf Föhr hatte fast den Charakter einer Stippvisite gehabt, auch wenn die Wiedersehensfreude riesengroß gewesen war. Als Familie nach langer Zeit endlich wieder vereint zu sein rief unbeschreibliche Glücksgefühle hervor. Doch die Realität holte uns ganz schnell wieder ein. Es galt, über unsere gemeinsame Zukunft zu beratschlagen, wobei Anke und ich vor allem auch an die Kinder denken mussten. Meine Aussichten, ohne erlernten Zivilberuf in Deutschland ganz von vorne zu beginnen und eine neue, wirtschaftlich gesicherte Existenz für uns aufzubauen, waren, realistisch betrachtet, nahe bei null angesiedelt. Auf der anderen Seite des großen Teiches winkte Amerika, wo ich als U-Boot-Experte in meinem angestammten Metier gefragt war. Die Entscheidung, nach Groton in Connecticut überzusiedeln, traf meine Frau Anke – rasch entschlossen und sehr bestimmt.

Und ich schaffte es natürlich wieder einmal nicht, ihr zu zeigen, wie ungeheuer stolz ich auf sie und darüber war, in ihr eine solche Partnerin fürs Leben zu haben.

»Was ist los mit dir?«, fragte Anke, »du schaust so nachdenklich drein.«

»Smith hat angerufen, während du unter der Dusche warst. Ich hatte ihn gebeten, etwas über das Schicksal von Kuddel Wildenow herauszufinden.« Ich musste schlucken. »Kuddel ist tot, verstorben in englischer Kriegsgefangenschaft.«

Anke schwieg mit betretenem Gesicht. Was hätte sie auch sagen sollen? Kuddel und ich waren schon in Vorkriegszeiten Freunde gewesen. Später dann hatte er zu meiner U-Boot-Flottille gehört. Bei seiner letzten Feindfahrt hatten seinem Boot die Tommys derart zugesetzt, dass ihm nichts anderes übriggeblieben war, als aufzutauchen, wenn er nicht samt seinen Männern für immer und ewig zu den Fischen geschickt werden wollte. Er und seine Besatzung waren in britischer Gefangenschaft gelandet, der Krieg war damit für sie vorbei – und sie hatten ihn überlebt, bei U-Boot-Fahrern etwas eher Seltenes. Das war mit ein Grund, warum mich die Nachricht von seinem »nachträglichen« Tod so erschütterte.

Im ersten Stock unseres Hauses erhob sich ein mächtiges Geschrei. Kirsten war jetzt sieben, Björn fünf Jahre alt, zwei putzmuntere Rangen mit einem Übermaß an Energie, die sich deswegen nicht selten heftig in die Wolle bekamen. Anke seufzte. »Ich schau mal, was da oben schon wieder los ist.«

Ich sah ihr nach. Ihre Fragen wegen des morgigen Tages würden schon noch kommen, denn morgen musste ich wieder hinaus in See. Anderthalb Wochen würde ich wegbleiben, doch im Vergleich zu den früheren monatelangen Kriegsunternehmungen war das allenfalls ein kurzer Trip.

* * *

»Steuerbord kleine Fahrt voraus!« Ich beugte mich über die Brüstung. »Obacht mit den Fendern!«

Gerade noch rechtzeitig gaben die Seeleute etwas Leine, und ich zählte die Sekunden, während der Bug von der Pier wegschwang wie eine Tür. »Steuerbord stopp!« Erneut ein Blick nach hinten. »Leinen ein!«

Ich wartete ab, bis alles eingeholt war. »Beide kleine Fahrt voraus. Steuerbord zehn!«

Das Land schien vor dem Bug vorbeizuwandern, aber das war natürlich nur eine optische Täuschung, denn in Wirklichkeit war es *USS Odax*, die drehte. »Stützruder!« Mit langsamer Fahrt krochen wir auf die Ausfahrt zu. Der Werfthafen von Portsmouth in New Hampshire war zum Glück nicht gerade stark befahren.

»Na, wie lässt sie sich denn so manövrieren?«, erkundigte sich Commander Hurtzig, der am Sehrohrsockel lehnte.

»Wie ein nasser Sack, wenn Sie es genau wissen wollen.« Die *Odax*, benannt nach einem kleinen bunten Vertreter aus der Familie der Lippfische, hatte das Licht der Welt als Flotten-U-Boot der Tench-Klasse erblickt. Dank diverser Umbaumaßnahmen hatte sich deren getauchte Verdrängung auf beinahe zweieinhalbtausend Tonnen erhöht, was sie zu einem der größten U-Boote überhaupt machte. Lediglich die *Pomodon*, die nach vergleichbaren Plänen in der Werft auf Mare Island an der Pazifikküste modifiziert worden war, lag in derselben Größenordnung.

»Sie sehen aber trotzdem nicht unzufrieden aus, Arne«, merkte Hurtzig an.

»Warum sollte ich? Das stand schließlich nicht anders zu erwarten.« Ich ließ den Blick über die *Odax* gleiten, die jetzt mein Boot war, bis die Werftabnahme erfolgte. Das Gefühl, wieder ein Boot zu kommandieren, war prickelnd wie Champagner. »Der Bug wurde komplett umgebaut und runder gemacht, ein neues Segel* hat den ursprünglichen Turm ersetzt, dazu die Veränderungen an den Tanks ... die *Odax* hat sich von einem Tauchboot hin in Richtung eines Unterwasserbootes, das diesen Namen auch verdient, entwickelt und ist daher nicht mehr wirklich für die Fahrt an der Oberfläche ausgelegt.«

»Anruf von Steuerbord!«

Eine Meile weiter an Steuerbord voraus dümpelte ein Minensucher in der schwachen Dünung vor sich hin. Langsam las ich den Spruch mit: »*Anvil* für *Odax*, bereit, wenn Sie es sind!«

Automatisch sah ich auf meine Uhr. »Geben Sie rüber, wir tauchen in zehn Minuten und fahren zuerst eine Reihe langsamer Manöver laut Testplan.«

Der Signalgast begann die Meldung abzusetzen. Während hinter mir noch die Morselampe klapperte, beugte ich mich über das Sprachrohr. »Zentrale? Checken Sie alle Stationen, wir tauchen in zehn Minuten.«

---

* Vom englischen Ausdruck *sail* abgeleitete Bezeichnung für den Turm eines U-Bootes.

»Aye, aye, Sir!«, erwiderte von unten Lieutenant Michaels. Ein U-Boot der US Navy mit amerikanischer Besatzung als deutscher Testkommandant zu befehligen war schon noch gewöhnungsbedürftig. Willy Mertens, der ebenfalls in dieser Woche die *Pomodon* erstmals in See führte, würde es vermutlich ähnlich ergehen.

Die letzten Minuten verstrichen und mit einer geradezu unziemlichen Gemütlichkeit räumten wir den Turm und stiegen ein. Das Luk schlug über mir zu, und ich drehte das Handrad. Schon umfing mich wieder die vertraute Atmosphäre des U-Bootes. Vertraut und doch fremd.

Lieutenant Michaels, Amerikaner der dritten Generation, legte die Hand an die Mütze. »Alle Stationen gecheckt, keine Beanstandungen.«

»Sehr schön!* Pilot**? Frage Wassertiefe?«

Die Antwort kam wie aus der Pistole geschossen. »Dreihundert Fuß, Sir.«

Umgerechnet waren das rund neunzig Meter. »Dann bringen Sie uns mal runter«, wies ich den Lieutenant an. »Hundert Fuß reichen für den Anfang.«

Mein XO*** wandte sich um und begann die Litanei der Befehle abzuspulen. Das Wummern der

---

* Die Standardantwort im Englischen lautet »Very well!«

** Jargonbezeichnung für den Navigationsoffizier bzw. Steuermann.

*** XO: Executive Officer, der Stellvertreter des Kommandanten, vergleichbar mit einem I WO auf deutschen U-Booten.

Diesel verstummte, und das Summen der Elektromotoren setzte ein.

»Vorne oben zehn, hinten oben zehn!« Der XO wirbelte herum. »Zellen eins bis vier fluten!«

Schnellentlüfter knallten keine auf, da die Heizer die normalen Entlüftungen benutzten, und wir veranstalteten so ziemlich das langsamste Tauchmanöver, das ich in den letzten Jahren miterlebt hatte, doch die Zeiten, da man wegen anfliegender gegnerischer Maschinen in aller Eile im Keller verschwinden musste, waren, Gott sei Dank, vorbei. Funktionstests beim Schnelltauchverfahren würden aber selbstverständlich schon auch noch kommen.

Der Bug neigte sich gemächlich und nicht sonderlich steil nach unten, wobei ich gespannt die Anzeigen beobachtete. Die *Odax* verfügte zwar noch über einen Papenberg*, aber die meisten anderen Geräte hatten moderne Farbskalen bekommen, die selbst bei völliger Dunkelheit nach dem Prinzip von Armbanduhren mit Leuchtziffern funktionierten.

»Hundert Fuß und durchgependelt, Sir!«, meldete der XO.

»Sehr schön! Boot auf Undichtigkeiten überprüfen.«

Die Heizer schwärmten aus und Commander Hurtzig signalisierte mit einem fast unmerklichen

---

* Messgerät mit senkrechtem Schauglas, das mittels Wassersäule die Position des Bootes gegenüber der Wasseroberfläche anzeigt.

Nicken seine Zustimmung. »Backbord zehn!«, wies ich den Rudergänger an. Wir liefen mit Parallelschaltung im Augenblick lediglich sechs Knoten, da ich zunächst herausfinden wollte, wie die *Odax* sich überhaupt unter Wasser manövrieren ließ.

Die Antwort lieferte mir das Boot sofort. Die Hülle legte sich etwas auf die Seite, und die Zahlen im Kompass begannen verblüffend schnell auszuwandern, wenn man die Größe des Rumpfes bedachte. »Stützruder!«, befahl ich und es dauerte nur einen Augenblick, bis die Zahlen wieder stillstanden. Ich ließ das Ganze in die andere Richtung wiederholen. »Steuerbord zehn!«

Hurtzig, der mein Schlangenlinienmanöver interessiert verfolgte, meinte: »Unter Wasser reagiert das Boot eindeutig wesentlich schneller als an der Oberfläche.«

»Trotzdem ist es etwas langsamer als der deutsche Typ XXI, der jedoch auch leichter ist und ein größeres Ruder hat. Einen Vergleich zu den sonstigen amerikanischen Booten können natürlich nur Sie ziehen, Commander.« Von Hurtzig wusste ich, dass er bis 1944 ein Boot der Balao-Klasse befehligt hatte.

»Die Wendigkeit der *Odax* ist entschieden höher«, erklärte er mit einem Blick nach oben. »Das muss wohl das neue Segel ausmachen.«

»Vermutlich!«, stimmte ich ihm zu und wandte mich an Michaels. »Meldungen?«

»Keine, Sir, alles dicht!«

Auch wenn wir nur in etwa dreißig Metern herumgurkten, war ja schon immerhin mal erfreulich, zu registrieren, dass es bei dieser Tiefe keine Probleme gab. »Sehr schön! Gehen Sie nunmehr runter auf zweihundert Fuß! Wenn auch da alles glatt verläuft, stoßen wir eine gelbe Rauchbombe aus, damit unser Freund da oben auch weiß, dass es uns nach wie vor gutgeht.«

»Wie geht es danach weiter?«, erkundigte sich Hurtzig.

»Wir suchen uns eine etwas tiefere Stelle und testen weiter auf Maximaltiefe.«

»Vierhundert Fuß beeindrucken Sie nicht?«

»Warum auch? Die *Odax* ist schließlich dafür ausgelegt, und mehr ist eben bei ihr als Umbau auch nicht drin, denn ansonsten hätte die gesamte Röhre neu konstruiert werden müssen. Unsere deutschen U-Boote vermochten alle sechshundert bis achthundert Fuß zu erreichen, und einzelne sind auch noch hochgekommen, nachdem sie auf mehr als tausend – also jenseits der eigentlichen Zerstörungstiefe – runtergedrückt worden waren. Allerdings war die Beschaffenheit der Hüllen natürlich eine wesentlich andere.«

»Trotzdem, achthundert Fuß sind ein Haufen Holz«, erklärte Hurtzig. »Da müssen wir bei unseren künftigen Neuentwicklungen mindestens hinkommen.«

»Doch jetzt ist erst mal die *Odax* an der Reihe«, sagte ich bestimmt. Hurtzig vertrat die Auffassung der Navy-Offiziere, ich hingegen, obwohl ich in die

Navy Reserve übernommen worden war, sprach in erster Linie für meinen Arbeitgeber, die Electric Boat in Groton. Außerdem war eine Diskussion darüber in der Zentrale der *Odax* ohnehin müßig, denn das Sagen hatte sowieso das Bureau of Ships, die Beschaffungsstelle der Navy. Und der hatten wir als Werft es zu verdanken, dass wir Umbauaufträge realisierten, statt zu kompletten Neukonstruktionen anzusetzen. Die Annahme, das käme grundsätzlich billiger, hatte sich zwar als Trugschluss erwiesen, aber es mehrten sich die Zeichen, dass der Ansatz, die *Odax* seitens von Electric Boat auf eine neue und durchaus auch schlagkräftige Evolutionsstufe zu bringen, so verkehrt nun auch wieder nicht war.

* * *

Die Erprobungen nahmen ihren vorgesehenen Verlauf, und die *Odax* erwies sich dabei als ein taugliches und zuverlässiges Boot, auch wenn es trotzdem Kleinigkeiten gab, die es nachzubessern galt. Bei vierhundert Fuß machte eine Schweißnaht im Bug etwas Wasser, eines der vorderen Tiefenruder wurde schwergängig, und ich hatte nicht die geringste Ahnung, warum. Jedes Mal, wenn wir eine Testreihe abgeschlossen hatten, tauchten wir auf und meldeten uns bei der *Anvil*, die auf uns aufpasste.

Die echten Überraschungen bot dann der siebte Tag. Die Maschinen waren mittlerweile eingefahren, und auf dem Programm standen Geschwindigkeitstests. Über Wasser brachten wir es auf der Meile* auf achtzehn Knoten. Das war für mich insofern beeindruckend, als die Boote, die ich bisher kommandiert hatte, eher langsamer gewesen waren, wobei hinzukam, dass die *Odax* sogar gegenüber früher durch die veränderte Rumpfform noch zweieinhalb Knoten eingebüßt hatte.

Danach ging es ab zu den Fischen.

»Dreihundert Fuß, Boot ist durchgependelt.« Der XO wartete auf weitere Anweisungen.

Die eigentliche Nagelprobe stand nun an, aber ich hegte keine Zweifel, dass das Boot den Erwartungen des Auftraggebers von Electric Boat entsprechen würde. »Motoren hintereinander schalten!«

Von achtern kam die Bestätigung: »Dann los, mit allem, was der Chief zu bieten hat!«

Für ein paar Augenblicke geschah gar nichts, dann begann der Zeiger der Fahrtmessanlage zügig zu klettern. Zehn Knoten gingen durch. Ich sah auf die Uhr, vier Minuten waren rum und wir bei zwölf Knoten angelangt, ohne dass der Zeiger langsamer wurde. Erst zwei Minuten später und jenseits einer Geschwindigkeit von fünfzehn Knoten, bezähmte sich sein Vorwärtsdrang etwas. »Frage Batterie?«

---

* Im Abstand von genau einer Seemeile befinden sich dabei zwei Tonnen, die Anfang und Ende der Strecke markieren; Messungen der tatsächlichen Unterwassergeschwindigkeit sind allerdings erheblich komplizierter, da eine Orientierung an derartigen Hilfsmitteln entfällt.

»Das kostet mächtig Kapazität, Sir. Ungefähr ein Viertel ist bisher bereits verbraucht.«

»Au Backe!«, entfuhr es Hurtzig. Immerhin hatten wir das Boot mit erheblich größeren und stärkeren Batterien ausgerüstet, die bei langsamer Tauchfahrt für eine größere Reichweite oder alternativ für eine höhere Spitzengeschwindigkeit sorgen sollten, je nach Ermessen des Kommandanten, wobei die jeweiligen Grenzen immer durch die Batterien bestimmt wurden.

Die Beschleunigung der *Odax* fand erst bei einer siebzehn vor dem Komma auf der Fahrtmessanzeige ein Ende, womit die Erwartungen der Ingenieure um fast zwei Knoten übertroffen wurden. Die Energie der Batterien für die E-Motoren würde allerdings bei diesen Fahrstufen nicht länger als für dreißig Minuten ausreichen. Die erzielte Geschwindigkeit war zweifellos beeindruckend und löste diesbezüglichen Zusagen, die wir in Groton dem Bureau of Ships gegeben hatten, mehr als nur ein. An der generellen Crux, dass auch der im Rahmen des Möglichen optimalste Umbau eines Bootes nicht wirklich eine echte Neuentwicklung zu ersetzen vermochte, änderte dies freilich nichts. Das BuShip bekam, was es angefordert hatte und haben wollte, auch wenn dessen Tauglichkeit auf einem anderen Blatt stand.

* * *

»Na, wie ist es denn so gelaufen, Commander?«, erkundigte Mr Richardson sich.

Die Frage irritierte mich. »Ist denn mein Bericht etwa noch nicht bei Ihnen gelandet, Sir?«

»Klar doch!« Richardson winkte ab, als hätte ich eine Nebensächlichkeit ins Spiel gebracht. »Papier ist geduldig, und deshalb interessiere ich mich mehr für Ihre persönliche Meinung.«

Eigentlich war ich nur deshalb etwas früher in den Konferenzraum gekommen, um meine gesammelten Notizen nochmals vorsorglich zu überfliegen, bevor die eigentliche Besprechung losging. Doch was sollte es, Richardson war schließlich mein Boss und der verantwortliche Mann bei Electric Boat für Kooperationen mit der Navy.

»Die *Odax* hat alles gehalten und teilweise sogar übertroffen, was Electric Boat BuShip zugesichert hat.«

»Für eine offizielle Verlautbarung ist das nicht schlecht formuliert, Mister Thomsen.« Mein oberster Chef sah mir prüfend ins Gesicht. »Und nun rücken Sie mal raus mit der Sprache, was Sie stört.«

»Die Spitzengeschwindigkeit unter Wasser ist zwar beeindruckend, aber sie kann bei weitem nicht lange genug aufrechterhalten werden.« Ich wich seinem Blick nicht aus. »Die Wiederaufladung der GUPPY*-Batterien dauert entschieden zu lange, und da

---

* GUPPY: Greater Underwater Propulsion Power Program – Ein Entwicklungsprogramm, das die amerikanischen Boote

die *Odax* über keinen Schnorchel verfügt, wäre sie im Einsatzfall über einen unverhältnismäßig großen Zeitraum hinweg dem Risiko etwa von Luftangriffen ausgesetzt.« Die von mir eigentlich erwartete ärgerliche Reaktion des Projektdirektors auf diese unverblümten Worte blieb aus, obwohl Electric Boat ja schließlich erhebliche Summen in die Entwicklung investiert hatte.

Richardson zeigte sich nicht einmal sonderlich überrascht. »Commander Mertens, Ihr früherer XO, der die *Pomodon* an der Pazifikküste testete, hat im Grunde ein ähnliches Resümee gezogen: alles in allem ein gutes Boot mit hervorragenden Eigenschaften. Doch seine Begeisterung darüber hielt sich trotz der erfolgreich verlaufenen Testfahrten in Grenzen. Wissen Sie, das ist auch genau der Grund, warum Smith und ich Sie hier haben wollten. Es hat sogar mal eine Art Kommandanten-Wunschliste mit Namen wie Schnee, Manseck und dem Ihrem gegeben, bewährte U-Boot-Führer mit Kentnissen der modernen Technik von Elektrobooten wie Ihr U 2532.«

»Als ob nicht die Navy über genügend eigene her-

---

schneller und effektiver machen sollte, indem deutsche Entwicklungen mit amerikanischen vereint wurden. Das letzte P wurde durch ein Y im Programmnamen ersetzt, um einen aussprechbaren Begriff zu erhalten, der dazu noch den Namenstraditionen der US Navy entsprach, bei der bis dahin alle U-Boot-Namen von Seelebewesen, meistens Fischen, entliehen wurden, was sich erst mit den Ohio- und Los-Angeles-Klassen änderte.

vorragende Kommandanten mit großer Erfahrung verfügt hätte«, meinte ich und erschrak nachträglich über meine Offenheit, die mich unter Umständen meinen Job kosten konnte.

Richardson lachte nur und demonstrierte mir damit einmal mehr, wie weit ich noch davon entfernt war, die Amerikaner zu verstehen. »Dreimal dürfen Sie raten, von wem die Empfehlung stammte, uns nach deutschen Kommandanten umzuschauen. Sie machen mir vielleicht Spaß. Und wenn mich eine Meinung interessiert, dann will ich was Fundiertes hören und nicht irgendwelchen Mist vorgelabert bekommen, der in irgendeinem Handbuch steht. Auf einen kurzen Nenner gebracht heißt das also: die *Odax* erfüllt die einzelnen Anforderungen zwar, lässt aber als Gesamtpaket zu wünschen übrig.« Aus seinem Jackett fingerte er eine Schachtel Zigaretten hervor, bot mir aber keine an, weil er wusste, dass ich Nichtraucher war. Nachdem sein Glimmstengel brannte und er einen ersten tiefen Zug genommen hatte, fuhr er nachdenklich fort: »Mit den Barracudas haben wir übrigens noch so ein schönes Projekt an der Backe.«

Direkt war ich damit bisher noch nicht befasst gewesen. Es handelte sich dabei um Boote, für deren Konzept der deutsche Typ XXIII* Pate gestanden

---

* Typ XXIII waren kleine Küsten-U-Boote, die in erster Linie für den Einsatz in Flachwasser konstruiert waren. Die Boote waren so eng, dass es unmöglich war, die Torpedorohre in See nachzuladen. Im Großen und Ganzen war der Typ XXIII einer

hatte, vergleichbar, wie dies mit Typ XXI bei den Umbauten der *Odax* und *Pomodon* der Fall gewesen war. »Und was gibt es dabei für Probleme?«

»Im Prinzip die gleichen. Das Ganze ist zwar ein netter Entwicklungsauftrag der BuShip und ein gutes Geschäft für uns, aber irgendwie ist mir dabei nicht wohl. Die Barracudas sollen gleichzeitig preiswert, schnell zu bauen und einfach zu handhaben sein. Ein neuer Typ von Killer-Booten, für die spezielle Jagd auf andere U-Boote konstruiert.«

»Nach dem jetzigen Stand der Dinge rechnen wir mit einer Verdrängung von achthundert Tonnen über Wasser und mehr als tausend getaucht; fünfeinhalbtausend Meilen Reichweite.«

Die Werte erstaunten mich nun doch etwas. »Von der Größenordnung her entspricht dies ja mehr oder weniger schon dem deutschen Typ VII C, und dabei hieß es doch einmal, die Barracudas seien als Küsten-U-Boot geplant.«

»Was will man da machen?«, sagte Richardson leicht resigniert. »Die Vorgaben macht BuShip und ändert sie immer wieder ab, wodurch der Bootstyp immer größer und schwerer wird. Unsere Ingenieure gehen davon aus, dass sie für die Unterwasserfahrt noch maximal eine Geschwindigkeit von neun Knoten herausholen können.«

»Und die entspräche noch den Anforderungen?«

---

der Fehlschläge der deutschen U-Boot-Entwicklung, auch wenn er wie seine größeren »Brüder« sehr innovativ war.

Mein Chef nickte todernst. »Ja, damit lägen wir durchaus noch innerhalb des abgesteckten Rahmens, nur habe ich bei der Sache das gleiche ungute Gefühl wie vermutlich auch Sie. Und wenn nicht alles täuscht, geht es ein paar Leuten bei der Navy nicht anders, Hurtzig zum Beispiel.«

»Und lässt sich dagegen etwas unternehmen?«

»Als Manager verkaufe ich in erster Linie, wenn Sie so wollen, die Leistungsfähigkeit von Electric Boat und versuche, Aufträge für uns an Land zu ziehen. Weiter reichende Munition müsste da schon von Ihnen, Mertens, und wohl auch von einigen Ingenieuren kommen.«

Aus unerfindlichen Gründen hörte sich das für mich wie eine vom König selbst, also Richardson, angezettelte Palastrevolte an. »Und was dann?«

»Commander Hurtzig hat sich mal wieder in seiner eigentlichen Dienststelle blicken lassen und mich von dort aus angerufen.«

Der plötzliche Wechsel des Themas verblüffte mich etwas, und ich war gespannt, was nun wohl kommen würde.

»Seine Beurteilung der Tests mit der *Odax* ist, nebenbei gesagt, positiver als Ihre. Aber das ist es nicht, was mir Kopfschmerzen bereitet. Ein Zerstörer hat einen angeblichen kurzen Kontakt mit einem unbekannten U-Boot gehabt, etwa sechzehn Meilen östlich Ihres Testgebietes.«

»Das klingt zunächst einmal nur ziemlich vage.«

»Stimmt«, gab Richardson unumwunden zu. »Nur

ist dies nicht das erste Mal, dass es eine derartige Meldung zu einem solchen mutmaßlichen Sachverhalt gegeben hat. Und das ist es, was mich mittlerweile stutzig macht.«

»Wollen Sie damit die Möglichkeit andeuten, dass die Iwans sich eventuell in unseren Testgebieten rumtreiben könnten?«

»Ich wüsste nicht, wer sonst dafür in Frage käme.« Richardson sah auf die Uhr. Unsere eher vertrauliche Unterhaltung würde wohl gleich ein Ende finden, da jeden Moment die maßgeblichen Mitarbeiter des Projektes zur Besprechung der Testergebnisse eintreffen mussten. »Seien Sie auf alle Fälle vorsichtig, wenn Sie wieder da draußen sind. Irgendetwas geht da vor, und ich gehe ziemlich stark davon aus, dass es jemand Unerwünschten gibt, der sich außer uns auch noch für unsere Versuchsreihen interessiert. Was die andere Sache betrifft, sollten Sie, bevor Sie zu den letzten noch ausstehenden Testfahrten mit der *Odax* vor deren Übergabe an die Navy von der New London Base aus starten, vielleicht Kontakt mit John Burnham, einem unserer Ingenieure, aufnehmen. Der ist nämlich ein ganz ungewöhnlich kreativer Kopf, den manche für einen Träumer halten mögen, für mich ist er jedoch eher ein Visionär.«

* * *

Burnhams Arbeitsplatz befand sich in einem verglasten Kabuff in der linken hinteren Ecke der Entwicklungsabteilung, was darauf hindeutete, dass er innerhalb der Hierarchie der Ingenieure bei Electric Boat noch nicht auf der obersten Etage angelangt war. Ungefähr dreihundert Leute waren allein bei Development A, zuständig für die Entwicklung neuer Typen, beschäftigt, allerdings hatte Richardson den Grund, warum er mich ausgerechnet zu Burnham schickte, ja auch bereits schon anklingen lassen. Er hielt den Ingenieur ganz offensichtlich für einen der kommenden Männer.

Ich klopfte an den Türrahmen des Glaskastens. »Mister Burnham?«

Der Mann am Schreibtisch wirkte auf den ersten Blick jugendlicher, als er vermutlich war, was daran liegen mochte, dass es noch keine Spur von Grau in seinem dunklen Haar gab und sein etwas rundliches Gesicht kaum Falten aufwies, von zwei Kerben um die Mundwinkel herum mal abgesehen, die auf ein sich bei ihm anbahnendes Magengeschwür schließen ließen.

»Immer hereinspaziert«, schallte es mir fröhlich entgegen. »Ich nehme an, Sie sind Commander Thomsen. Unser Big Boss hat mir schon avisiert, dass Sie irgendwann bei mir hereinschneien werden.« Einladend deutete er auf den einzigen freien Stuhl im Raum.

Burnhams Büro sah wild aus. Auf dem Fußboden lagen irgendwelche Bücher gleich stapelweise herum, das Zeichenbrett war übersät mit großformatigen Plänen und Blaupausen, und den eigentlichen

Schreibtisch bedeckten Unmengen von Handskizzen und Blättern mit Berechnungen. Es grenzte fast schon an ein Wunder, dass der Ingenieur für seine Kaffeetasse da überhaupt noch ein einigermaßen standsicheres Plätzchen gefunden hatte.

»Richtig gemütlich haben Sie's hier«, konnte ich mir nicht verkneifen spöttisch zu bemerken. »Und worüber wollen wir uns unterhalten?«

»Über was wohl?«, fragte Burnham mit einem amüsierten Funkeln in den braunen Augen zurück. »In unserem Laden dreht sich schließlich alles um U-Boote. Sagt Ihnen der Name Captain Rickover was?«

Ich hatte noch immer keinen Schimmer, worauf er hinauswollte, und schüttelte den Kopf.

»Hätte ja immerhin sein können«, meinte Burnham gleichmütig. »Er war früher mal bei BuShip und ist von daher noch etlichen hier bei uns ein Begriff. Ein durchsetzungsfähiger Mann, ein fürchterlicher Choleriker, aber auch ein genialer Techniker mit bahnbrechenden Ideen. Rickover ist derzeit mit einem Projekt befasst, das zum Ziel hat, die Atomenergie für die Navy nutzbar zu machen. Sie begreifen, was das bedeutet?«

»Noch nicht ganz, aber lassen Sie mich versuchen, das Puzzle zusammenzusetzen. Seit 1947 gibt es die neu gegründete United States Air Force, nachdem im Krieg die Flieger alle der Army unterstanden haben. Bei der Luftwaffe geht man davon aus, dass sich zukünftige Kriege allein mit Langstreckenbombern und Atombombenabwürfen auf Städte gewinnen lassen.«

»Sie haben es genau getroffen«, pflichtete Burnham mir bei, »und deshalb wollen die Herren eine Flotte solcher Langstreckenbomber vom Kongress finanziert haben.«

»Bloß ist die Navy anderer Meinung, verweist auf die Erfolge ihrer Trägerkampfgruppen im Krieg und will daher noch größere Flugzeugträger haben. So weit, so klar, nur frage ich mich bei dieser ganzen Strategiediskussion, welche Rolle U-Boote eigentlich dabei spielen.«

»Bei den sogenannten Trägerschlachten im Pazifik, die ja nun so lange auch nicht zurückliegen, haben wir den einen oder anderen Träger verloren und die Japaner noch etliche mehr, neun, um genau zu sein. Das begann mit der Schlacht im Korallenmeer, ging weiter über Midway und endete im Grunde für die Kaiserlich Japanische Marine endgültig im Golf von Leyte, wobei auch deren Träger zumeist durch Trägerflugzeuge vernichtet wurden.«

»Nichts gegen Ihren historischen Exkurs«, wandte ich ein, »aber U-Boote sind dabei bislang noch nicht vorgekommen.«

»Immer sachte mit den jungen Pferden«, erklärte Burnham in einem grundgütigen Ton, der mich an meinen Geschichtslehrer aus längst vergangenen Schultagen erinnerte. »Dann lassen Sie uns doch einfach mal auf die Limeys blicken. Von den britischen Trägern wurde nur ein einziger von den deutschen Schlachtschiffen *Scharnhorst* und *Gneisenau* erwischt, aber eigentlich nur, weil er Pech hatte, unzureichend gesichert war und selber keine Flugzeuge starten konnte, da die *HMS Glorious* auf dieser Fahrt vollgestopft mit evakuierten Maschinen aus Norwegen war.«

»Das ist mir nicht ganz unbekannt.«

»Dann kennen Sie vermutlich auch die Geschichte der wesentlich besser von Begleitschiffen geschützten Träger *Ark Royal*, *Indomitable* und *Furious*. Doch wir können als Beispiel auch die *Eagle* nehmen, die zur Luftunterstützung mit einem Malta-Konvoi lief, der tagelangen Bomberangriffen ausgesetzt war, wobei einige der Frachter beschädigt oder sogar versenkt wurden. Aber der Träger selbst bildete unter dem Schutz seiner eigenen Flugzeuge und dank der Flak-Bewaffnung seiner Geleitschiffe praktisch eine uneinnehmbare Festung – bis eines Ihrer deutschen U-Boote ihn einfach mit ein paar Torpedos bei den Balearen auf Grund schickte. Der *Ark Royal* erging es ja vor Gibraltar auch nicht anders. Und was ergibt sich daraus?«, dozierte Burnham weiter. »Flugzeugträgern ist entweder nur durch eine Übermacht in der Luft beizukommen, die herbeizuführen so einfach auch wieder nicht ist, oder aber sie werden unter Umständen nur von einem einzigen U-Boot ausgeschaltet.«

Burnhams Argumentation war zwar durchaus stimmig, nur ergab sie dennoch für mich kein schlüssiges Gesamtbild. »Tut mir leid, aber das alles kriege ich trotzdem noch nicht wirklich auf die Reihe«, erklärte ich. »Das Barracuda-Projekt bei Steal Boat ist komplett auf die Abwehr von U-Booten durch U-Boote ausgerichtet, und da frage ich mich …«

Burnham stoppte meinen weiteren Redefluss mit einer Handbewegung. »Vergessen Sie es, Commander. Die Dinger werden ohnehin zu langsam sein, um mit einem Trägerverband mithalten zu können, wobei noch erschwerend hinzukommt, dass sie eigentlich im Wesentlichen dauernd an der Oberfläche laufen müssten, was sie ungemein verwundbar machen dürfte.« Er legte eine kleine Kunstpause ein, um mit deutlich mehr Begeisterung in der Stimme dann fortzufahren: »Nein, der Traum von einem U-Boot sieht anders aus! Stellen Sie sich vor, Commander, Ihnen stünde ein Boot zur Verfügung, dessen Energiemenge nicht limitiert ist, bei dem Sie bei Tauchfahrt das leidige Thema Batterien vergessen können, weil Sie nicht hoch müssen, um die Dinger wieder aufzuladen, wenn sie leer sind.« Burnham sah mich erwartungsvoll an.

»Klingt zunächst einmal nicht schlecht«, merkte ich an. »Nur irgendwann geht die Luft aus, und dann bleibt einem eben nichts anderes übrig, als aufzutauchen.«

»Eben nicht!«, trumpfte der Ingenieur auf. »Mit genügend Energie können Sie ohne weiteres Luft und Frischwasser aus dem Meer gewinnen, und Sie müssten auch nicht einmal mehr auftauchen, um Pressluft für Ihre Tauchzellen zu erzeugen.«

Irgendwie konnte ich mich des Eindrucks nicht erwehren, dass das alles Phantastereien waren, die Burnham mir da vortrug. Schiffsbau hatte ich zwar nicht studiert, aber lange genug U-Boote kommandiert, um durchaus eine Menge von deren Technik zu verstehen. »Das wäre zu schön, um wahr zu sein«, erklärte ich daher. »Nur wird es so ein Boot vermutlich nie geben. Die Energiemenge, die Sie dafür bräuchten, entspräche der Leistung eines kompletten mittleren Kraftwerks. Über den Daumen gepeilt müsste allein der Antriebsstrang um die fünfzehn- bis zwanzigtausend Pferdestärken liefern, um getaucht Geschwindigkeiten zu erzielen, die es ermöglichen mit einem Trägerverband überhaupt mitzulaufen. Seien Sie mir nicht gram, aber das hört sich an, als ließe die *Nautilus* aus den utopischen Romanen von Jules Verne schön grüßen.«

Ein regelrechtes Strahlen erschien zu meiner Verwunderung auf Burnhams Gesicht. »Mit dem kleinen Unterschied allerdings, dass wir es mit einer Utopie zu tun haben, die wahr wird. Rickover hat bereits einen mit einer Hochdruck-Turbinenanlage gekoppelten Testreaktor in Betrieb. Und das Tollste an dem Ding ist, dass es in eine Bootshülle von weniger als achtundzwanzig Fuß Durchmesser passt. Ein Traum verwirklicht sich. Rickover will partout nuklear betriebene U-Boote bauen, und wir hier bei Electric Boat wollen das Gleiche, denn das ist unser Job und liefert uns für mindestens ein Jahrzehnt die Butter auf das Brot.«

Mir sträubten sich die Haare. »Ein U-Boot, das quasi mit Atombombentechnik betrieben wird?« Ich wollte es nicht glauben.

»Reaktortechnik«, korrigierte Burnham mich. »Das ist schon noch was anderes, aber trotzdem natürlich keine harmlose kleine Dampfmaschine als Spielzeug fürs Kinderzimmer.« Burnham grinste mich nun geradezu unverschämt an. »Besser, Sie freunden sich schon mal innerlich mit dem Gedanken an, Commander, denn Mister Richardson hat entschieden, dass Sie, wenn es so weit ist, der Testkommandant sein werden. Willkommen beim Projekt Nautilus, kann ich dazu nur sagen.«

* * *

»Steuerbord fünfzehn!«

Von unten kam die Bestätigung, und beinahe entspannt lehnte ich mich auf die Brückenbrüstung. Das Boot, das ich heute rausführte, war eine alte Bekannte: die *USS Minnow*, der ich mich am Ende des Krieges mit *U 2532* ergeben hatte*. Mittlerweile hatte der Kommandant gewechselt, der größte Teil der Besatzung war neu und das Boot mehr als nur generalüberholt worden. Bei der ganzen Bugsektion hatte es einen kompletten Austausch gegeben, die Antriebsanlage entsprach nun der unserer beiden GUPPY-Boote, lediglich der Turm mit Periskopversteifung,

---

* Siehe Erik Maasch: U 2532: Bis zum bitteren Ende

großer Wanne und dem ausfahrbaren Radarmast entsprach noch im Wesentlichen dem alten Umbaustand des Jahres 1944. Ich ließ meinen Blick über den Aufbau wandern, an dem wir, das heißt, Electric Boat, eigenmächtig eine kleine Veränderung vorgenommen hatten, denn nunmehr befand sich gleich hinter dem Periskopmast ein zweiter ausfahrbarer Mast mit einem Schnorchel, den die Experten von BuShips bei der *Odax* und *Pomodon* nicht hatten haben wollen, weil sie bezweifelten, dass dies funktionieren würde. Zu den Unterschieden, die von außen nicht zu sehen waren, gehörte im Bug das neue Sonarsystem, das für die Barracuda-Boote entwickelt worden war.

Commander Stone, der neue Kommandant der *Minnow*, der sich de facto nur als Gast an Bord befand, da die offizielle Übergabe des Bootes an die Navy noch nicht erfolgt war, deutete auf den Schnorchel. »Von dem Teil hat mir bislang keiner was erzählt«, sagte er etwas säuerlich.

Ich bemühte mich, ein ausdrucksloses Gesicht zu wahren. »Warten Sie es ab, und Sie werden davon noch begeistert sein!« Die Entscheidung, mit dem Schnorchel vollendete Tatsachen zu schaffen, war zwar in den höheren Etagen von Electric Boat getroffen worden, aber trotzdem konnte ich meine Hände nicht ganz in Unschuld waschen. Da die deutschen U-Boote ab 1944 immer mehr mit Zuluftmasten für die Dieselmotoren ausgerüstet worden waren, um zum Laden der Batterien nicht mehr auftauchen zu müssen, hatte mich Richardson, zumal auch die

Russen diese Technik nun einsetzten, darüber ausgequetscht wie eine Zitrone und dann beschlossen, das einfach mal auszuprobieren.

Stone sah auf die Uhr. »Noch eine Stunde bis zum Tauchpunkt.«

Das Gebiet kannte ich mittlerweile wie meine eigene Westentasche, da ich hier in den letzten zwei Jahren so ziemlich mit jedem amerikanischen U-Boot-Typ Probetauchmanöver durchgeführt hatte. Am Ende von Hampton Roads, dem Wasserweg der Chesapeake Bay, galt es scharf steuerbord zu steuern und dann, wenn der Atlantikschwell einsetzte, weitere drei Meilen nach Norden zu laufen. Die Sonne stahl sich gerade erst über den Horizont, und es würde noch eine Stunde dauern, bis der Schiffsverkehr so richtig einsetzte, und wenn in drei Stunden auch die ganzen Fischer zurückkehrten, dann würde es hier nur so von Fahrzeugen aller Art wimmeln. Immerhin lag gleich um die Ecke der größte Atlantikstützpunkt der US Navy.

»Sieh einer an, die Kameraden von der Luftwaffe sind auch schon wach«, sagte ich und ertappte mich dabei, den Finger unwillkürlich bereits auf dem roten Alarmknopf zu haben. Ein typischer Reflex aus früheren Zeiten, der mir einfach in Fleisch und Blut übergegangen war. Und dabei waren die Maschinen am Himmel genauso amerikanisch wie unser Boot. Ich griff nach meinem Glas und versuchte, die dunklen Punkte am Morgenhimmel genauer auszumachen. »Avenger!«, verkündete ich.

»Die letzten alten Geier vermutlich.«

Ich wusste, was Stone meinte. Diese einmotorigen Torpedobomber, die im Pazifik eine so entscheidende Rolle gespielt hatten, waren noch bis 1945 gebaut worden, doch technisch galten sie schon längst als völlig überholt. Einer Eingebung folgend, beugte ich mich über das Sprachrohr. »Zentrale, wir haben ein paar Avenger in weitem Abstand an Backbord. Haben Sie die im Radar?«

Mertens, der auf dieser Fahrt als mein XO fungierte, meldete sich. »Sechs Maschinen, etwa fünfzehneinhalb Meilen in Rot, eins-drei-null!«

Hinter mir machte Commander Stone nur ui!

»Danke, XO!« Schmunzelnd wandte ich mich zu Stone um. »Sie merken, das SJ-Radar macht sich nicht schlecht.«

»Jemand kam nämlich auf die Idee, einen veränderten Schirm zu bauen, größer dimensioniert und mit Kreisskalen zur Entfernungsbestimmung. Ausgefahren ist der Radarmast zudem ein Stück länger geworden, wodurch Objekte auch auf größere Entfernungen als bisher erfasst werden können. Hinzu kommt, dass durch die neu installierte Elektrik wir generell etwas mehr Saft zur Verfügung haben.«

»Und was bedeutet das konkret in punkto Reichweite?«

Ich zuckte mit den Schultern. »Schwer zu sagen, da die Anlagentests, wie üblich, zunächst nur an Land erfolgt sind. Unter günstigen Bedingungen waren sechzehn Meilen durchaus drin, ein Wert, der auf See aber wahrscheinlich erheblich höher liegen dürfte.«

Commander Stone blickte den Avengers nach, die nach Norden verschwanden. »Die hätten im Ernstfall nicht die geringste Chance gehabt.«

»Wie auch! Um ihre Aale überhaupt einsetzen zu können, wären die Torpedobomber gezwungen, dicht über dem Wasser einen geraden Kurs auf ihr Ziel zu fliegen. Noch vor der Annäherung auf Torpedoreichweite hätten Radar gerichtete Geschütze sie jedoch bereits abgeschossen. Der Versuch der Piloten wäre auf einen glatten Selbstmord hinausgelaufen.«

Die *Minnow* begann, sich unter unseren Füßen unruhiger zu bewegen, da wir das Ende der Passage erreicht hatten, die von Hampton Roads hinaus in den Atlantik führte. Als es im Sprachrohr pfiff, erwartete ich bereits die entsprechende Meldung. »Zeit zum Kurswechsel auf drei-eins-null!«

»Sehr schön, bringen Sie das Boot herum, Mister Mertens.«

Der zögerte kurz mit der Bestätigung. »Wir haben in drei-eins-null noch etwas Undefinierbares auf dem Radarschirm, zu klein für ein ausgewachsenes Schiff, zu langsam für ein Flugzeug. Nicht auszuschließen ist, dass es sich dabei auch um eine Wellenreflexion* handeln könnte.«

---

* Wellenreflexion bedeutet, dass der Radarimpuls nicht von einem Fahrzeug, sondern von den Kämmen einzelner höherer Wellen reflektiert wird. Moderne militärische Radargeräte,

»Abstand?«

»Zehn Meilen, Sir.«

»Ändern Sie den Kurs auf drei-eins-null, und wir schauen dann mal, was sich ergibt, wenn wir näher rankommen.« Der ungeklärte Kontakt, den Mertens im Radar hatte, lag von unserer Position aus bereits ein ordentliches Stück hinter unserem vorgesehenen Tauchpunkt, ziemlich am Rande des Testgebiets. Bei unserer augenblicklichen Fahrt würden wir eine Stunde benötigen, um dorthin zu gelangen. Für einen Moment spielte ich mit dem Gedanken, den Kontakt einfach Kontakt sein zu lassen, doch der Nachhall der Warnung, die Richardson mir mit auf den Weg gegeben hatte, war stärker. »Commander Stone, darf ich Sie mal bitten, hier kurz zu übernehmen? Ich möchte mir das selbst mal am Schirm anschauen.«

Der grinste nur und tippte lässig an die Mütze. »Aye, aye, Commander Thomsen!«

Da war sie wieder, diese typisch amerikanische Lockerheit, über die man sich nur nicht hinwegtäuschen durfte. Auch wenn Stone wirkte, als sei er einem Cowboy-Film entsprungen, so war er doch keinesfalls ein zu groß geratener Junge, der nichts ernst nahm, sondern ein Mann, der als U-Boot-Fahrer wusste, wo's langging. Ich beugte mich über das

---

gekoppelt mit Computersystemen, vermögen solche Störungen herauszufiltern, aber 1948 gab es eine derartige Technologie noch nicht.

Turmluk. »Ein Mann Zentrale!« Dann rauschte ich auch schon an den Leiterholmen nach unten.

Mertens stand, über die Schulter des Radarbeobachters gebeugt, da und verfolgte das Geschehen auf dem Schirm. »Da ist der Kontakt immer noch«, informierte er mich, »auch wenn er mal kurzfristig verschwindet. Im Moment wandert er langsam in Richtung Osten aus.«

Mertens trat zur Seite, und ich sah mir die Bescherung selber an. Der Kontakt wurde wirklich nur als winziger Punkt angezeigt, der sich auf die offene See zubewegte. Wir selbst liefen ungefähr Nordwest und bekamen den Schwell mehr aus West denn aus Südwest ab. »Dass es sich um eine Wellenreflexion handelt, glaube ich nicht«, sagte ich zu meinem XO, »da die Dünung ja auf die Küste zurollt.«

»Böte sich als Erklärung allenfalls noch ein Fischerkahn an«, meinte Mertens etwas ratlos.

»In einem gesperrten militärischen Übungsgebiet, das in allen Karten ausgewiesen ist? Nein, das halte ich erst recht nicht für wahrscheinlich.« Nachdenklich verfolgte ich weiterhin auf dem Radarschirm diesen ominösen Punkt, der manchmal völlig verschwand, dann aber wieder erschien und dabei stur seinen Kurs beibehielt. Wie Schuppen fiel es mir von den Augen, als mir dämmerte, was das eigentlich nur bedeuten konnte. »Mister Mertens, was herrscht denn momentan für ein Seegang?«

Mein Freund Willy, mit dem ich mich im Dienst aus naheliegenden Gründen nicht duzte, schien von dieser Frage etwas überrascht zu sein. »Fünf bis allenfalls sechs, würde ich meinen.«

Windseen in diesem Seegangsskalenbereich galten als grob, waren aber noch harmlos – allerdings für einen kleinen schwimmenden Pott bereits zu stark, um derart sicher Kurs halten zu können. Ich wandte mich um. »Pilot, Abstand zum Tauchpunkt?«

»Zwei Meilen, Sir!«

»Danke!« Vielleicht lag ich mit der Annahme, dass wir es mit einem schnorchelnden U-Boot zu tun hatten, völlig daneben, nur, falls sie zutraf, dann handelte es sich dabei mit Sicherheit nicht um ein amerikanisches Boot. »Geben Sie Befehl zum Einsteigen, und wenn wir tauchen, setzen Sie die besten Leute ans Sonar!«

Bei Mertens fiel der Groschen. »Ein heimlicher Spion?«

»So etwas in der Art, höchstwahrscheinlich ein Russe mit einem von deren neuen Booten.« Mertens kannte Richardsons diesbezügliche Befürchtungen* so gut wie ich. »Geben Sie Tauchalarm!«

Die Alarmklingeln begannen zu schrillen, Männer

---

* 1948 rechnete man in Kreisen der Navy damit, dass man sowjetischen U-Booten gegenüberstehen würde, die alle auf dem Konzept des deutschen Typs XXI beruhen würden. Tests hatten ergeben, dass die erbeuteten deutschen Typ-XXI-Boote bis auf Entfernungen von etwa 220 Metern mit der bei den Westalliierten vorhandenen Unterwasserortung praktisch nicht erfassbar waren. Amerikanische Marinehistoriker bezeichnen deswegen diese Zeit nicht ganz grundlos als »sub panic«. Faktisch kämpften die Sowjets aber mit den gleichen

rutschten die Leiter vom Turm herunter und rollten sofort zur Seite, um Platz für den nächsten zu machen.

Mertens ließ als XO die Schnellentlüfter aufreißen*.

Von oben kam der Ruf »Turmluk dicht!«.

Mit hochrotem Gesicht landete Commander Stone als Letzter in der Zentrale. »Was zum Teufel …«

Mit einer Handbewegung gebot ich ihm zu schweigen. Die Signale auf dem Radarschirm verschwanden, als der Radarmast mit einem Zischen einfuhr. »Mister Mertens, einhundert Fuß, bringen Sie uns auf drei-vier-fünf! Umdrehungen für vierzehn Knoten!«

Stone schob sich hinter mich. »Das steht so nicht im Testprogramm, Commander!«, fauchte er mich aufgebracht an. »Was maßen Sie sich eigentlich an?«

Ich blieb die Ruhe in Person. »Wenn nicht alles täuscht, haben wir per Zufall Kontakt zu einem russischen U-Boot bekommen, Commander Stone.«

»Oh!«, entfuhr es ihm sichtlich betreten.

»Wie lange noch, bis das Sonar auf Betriebstemperatur ist?«, erkundigte ich mich bei Mertens.

»Vier Minuten, Sir.«

»Sehr gut!« Stone bedachte ich daraufhin mit

---

technischen Entwicklungsproblemen wie die US Navy, und so gab es auf beiden Seiten Verzögerungen bei der Realisierung.

* Auf amerikanischen Booten kontrolliert der XO das Tauchmanöver, nicht der Leitende Ingenieur (Chief).

einem souveränen Lächeln, das mir nicht gerade leicht fiel. »Mag ja sein, dass der Russe schlicht nur neugierig ist, aber ich will mich von ihm keinesfalls mit heruntergelassenen Hosen erwischen lassen. Und außerdem, wer weiß, vielleicht können wir ihm ja bei dieser Gelegenheit auch etwas auf den Zahn fühlen.«

* * *

»Sonar, was erzählen die Fische?«

Der Horcher, voll darauf konzentriert, die Palette der Geräusche aus der Unterwasserwelt, die ihn über Kopfhörer erreichte, den jeweiligen Quellen zuzuordnen, zögerte etwas mit seiner Antwort. »Da war zwar mal kurz etwas, das nach einem Dieselantrieb klang, momentan ist es jedoch nicht mehr zu hören.«

Das Sonar der *Minnow*, eine konstruktive Fusionsmixtur aus dem britischen ASDIC und der bisherigen amerikanischen Horchgerätetechnik – allerdings auf mehr Frequenzen erweitert –, war bei höheren Geschwindigkeiten nicht ausreichend trennscharf, weil die damit verbundenen Eigengeräusche des Bootes andere stark überlagerten. Auf Aktivsonar umzuschalten konnte ich auch nicht befehlen, denn dann würde jedes andere Horchgerät im Abstand von zehn Meilen wissen, wo wir steckten. Nur, runter mit der Geschwindigkeit konnte ich auch nicht gehen, wenn ich aufschließen wollte. »Würden Sie den Diesel einem U-Boot zuordnen wollen?«

»Nein, Sir. Um das mit Bestimmtheit sagen zu können, war die Kontaktphase mitnichten ausreichend.«

»Da kann man nichts machen«, sagte ich betont gelassen. »Halten Sie aber trotzdem die Ohren weiter gespitzt, und sowie Sie auch nur den geringsten Ton hören, melden Sie dies unverzüglich.«

»Aye, aye, Sir!«

Nachdenklich kehrte ich wieder in die Zentrale zurück.

»Und?«, fragte mich Willy Mertens.

»Unser Sonarbeobachter meint, für einige wenige Augenblicke Dieselgeräusche vernommen zu haben, ist sich aber nicht sicher.«

»Man kann sich irren, sprach der geile Igel und kletterte betrübt von der Klobürste«, lautete dazu Stones nicht eben feiner Kommentar.

Den Gefallen, mich durch diese Worte provozieren zu lassen, tat ich ihm freilich nicht, sondern blieb ganz sachlich. »Die Möglichkeit, dass ein fremdes, schnorchelndes U-Boot auf E-Antrieb umgestellt hat, würde ich zumindest nicht einfach so mir nichts, dir nichts ausschließen wollen.«

Stone ließ diesen Einwand einfach an sich abperlen und grinste. »Aber genauso gut können wir es mit einem gewieften Fischer zu tun haben, der jetzt antriebslos zwischen seinen Netzen am Rande der ausgewiesenen Übungszone treibt. Für derartige Schlaumeier reicht es doch schon, ein Kriegsschiff in ihrer Nähe gesichtet zu haben, um hinterher zu behaupten, es habe deren Netze zerstört, und eine satte Entschädigung dafür von der Navy einzufordern.«

Willy und ich sahen einander verblüfft an, denn auf die Idee, dass so etwas überhaupt nur denkbar ist, wären wir nie und nimmer gekommen. Bei der Reichsmarine hätte man den Betreffenden was gehustet ... aber die Reichsmarine gab es nicht mehr. Das fiel wohl unter die Rubrik andere Länder, andere Sitten, oder so ähnlich. Meiner Skepsis in der Beurteilung der jetzigen Situation tat dies allerdings keinen Abbruch. »Glauben Sie das wirklich?«, fragte ich Stone direkt.

»Auf jeden Fall halte ich meine These für viel wahrscheinlicher als Ihre von einem russischen U-Boot. Dass die Russen sich brennend dafür interessieren dürften, herauszufinden, was wir hier treiben, ist mir schon klar, aber Sie sollten dabei nicht vergessen, dass es nicht gerade die einfachste Übung ist, bis in diese Gewässer zu kommen.«

Einen Hinweis auf die Aktionsradien der deutschen Boote bei ihren Kriegsunternehmungen verkniff ich mir tunlichst. Es galt eine Entscheidung zu treffen, und ich war der Testkommandant, bei dem einzig und allein die Verantwortung lag. Das Risiko, eine Gespensterjagd zu veranstalten, falls kein Russe da draußen lauerte, war ich gewillt auf mich zu nehmen. »XO, wir laufen AK! NO mitkoppeln, bringen Sie uns auf eine Meile an die letzte Position dieses Kontaktes heran.«

»Aye, aye!«Mertens tippte an die Mütze. »E-Maschinen hintereinanderschalten. Maximale Umdrehungen.«

»Neuer Kurs wird drei-zwo-zwo!«, sagte der Steuermann an.

Commander Stone griff sich meinen Arm und riss mich förmlich herum. »Was zum Teufel ziehen Sie hier ab, Thomsen?«

»Nichts, ich erlaube mir nur, das Testprogramm mit Unterwasserhöchstfahrt vorzuziehen.«

Natürlich wusste er, dass dies nach Strich und Faden erlogen war, nur war das im Grunde egal. Sollte sich der Radarkontakt als fremdes U-Boot entpuppen, konnte unsere *Minnow* zeigen, was nach dem Umbau durch Electric Boat in ihr steckte, falls nicht ... dann vermochte sie dies im Rahmen einer perfekten Simulationsübung zu demonstrieren.

»Alle Außenbordverschlüsse geprüft, Sir, Boot ist dicht!«, meldete Mertens von der anderen Seite der Zentrale.

Stone gab seine verkrampfte Haltung auf, weil er ohnehin nichts daran ändern konnte, was ich jetzt mit seinem Boot anstellte, das er als Kommandant demnächst übernehmen würde. Noch hatte das Sagen einzig und allein ich.

»Zwölf Knoten!«, gab der Zentralemaat bekannt. Die *USS Minnow* nahm Fahrt auf. Basierend auf meinen Erfahrungen mit der *Odax* schätzte ich, dass wir es bis auf knapp siebzehn Knoten schaffen und diese Geschwindigkeit für eine Stunde – und nicht für dreißig Minuten wie bei der *Odax* – würden aufrechterhalten können. Was das russische U-Boot-Phantom betraf, setzte ich darauf, dass dessen Sonar leistungsmäßig sicherlich nicht an das unsere heranreichte und man daher dort zu spät mitbekommen würde, dass wir anrauschten. Zumindest war das meine Hoffnung.

Der Sekundenzeiger der Zentraleuhr drehte, so unser Empfinden, nur quälend langsam seine Runden. Die *Minnow* erreichte mehr als siebzehn Knoten und übertraf damit die Erwartungen, trotz der beibehaltenen alten Turmform, die vielleicht doch so schlecht gar nicht war. Endlich hob der Steuermann den Kopf. »Zeit ist um, Sir!«

»Maschinen stopp! Ruhe im Boot! Mister Mertens, die Zentrale gehört Ihnen, ich begebe mich ins Horchschapp.«

Im Sonarraum stülpte ich mir ein Paar Kopfhörer über, aber mehr als das übliche Unterwasser-Geräusch-Spektrum war nicht zu vernehmen, zumindest gab es nichts, was nach einem U-Boot-Antrieb geklungen hätte. Auch auf dem Oszilloskopschirm des Sonars tat sich wenig. Der zeigte in Form von zackenden Linien Richtung und Stärke niederfrequenter Töne an, die für das menschliche Ohr nicht mehr hörbar waren. Es fehlte zwar nicht an kleinen Zacken, doch war von denen keiner ausgeprägt genug, als dass man ihn hätte mit einem U-Boot in Verbindung bringen können. Ich begann mich zu fragen, ob ich nicht einer Halluzination erlegen war.

»Sonar, gibt es etwas zu berichten?«, erkundigte

sich Commander Stone, den ich sofort an der Stimme erkannte.

Resigniert drückte ich den Sprechknopf. »Fehlanzeige ... allerdings kann ich Ihnen auch keinen Fischer bieten.«

»Mache sich einen Reim darauf, wer da wolle. Ich würde mal darauf tippen, Ihre Zauberkästen haben Ihnen einen Streich gespielt.«

»Ich komme zurück in die Zentrale und übernehme wieder.« Nachdenklich streifte ich die Kopfhörer ab und wies den Sonarbeobachter an, das ganze System zu überprüfen. Dann wandte ich mich um und stieg über das Süll.

Willy Mertens sah mich fragend an, aber ohne darauf zu reagieren befahl ich: »Kleine Fahrt, wir gehen auf zweihundert Fuß!«

»Und was folgt dann?«

»Ein Probetauchen in großer Tiefe«, eröffnete ich Stone in einem bemüht sachlichen Ton. »Wendekreismanöver, Feinabstimmung der Tiefenruder et cetera.«

»Die Jagd nach dem angeblichen russischen U-Boot ist damit wohl abgeblasen«, meinte er dazu höhnisch.

»Wir werden sehen, was sich tut, Commander.«

Während der nächsten Stunden ließ ich die *Minnow* das ganze Testprogramm abspulen, und erst am frühen Nachmittag tauchten wir wieder auf. Auch wenn wir kein »Lebenszeichen« mehr von unserem unbekannten Kontakt empfangen hatten, fand ich das mitnichten beruhigend. Dem Braten traute ich nach wie vor nicht, auch wenn ich nichts Beweiskräftiges in der Hand hatte. Noch nicht.

* * *

»Na denn Prost, Arne«, sagte Willy Mertens und reckte mir seine Bierflasche entgegen. »Auf was wollen wir trinken?«

»Auf die Boote!«, meinte ich und stieß mit ihm an. Es war Wochenende, wir hatten frei und konnten uns leisten, unbeschwert ein paar Bierchen beim Grillen, von den Amerikanern Barbecue genannt, zu zischen. »Dann erzähl doch mal, wie es in den letzten Tagen so gelaufen ist.«

»Nachtigall, ick hör dir trapsen«, erklärte Willy und nahm erst einmal einen weiteren Schluck aus der Pulle. »Du willst doch nichts über meine Barracuda-Tests wissen, sondern dich interessiert vielmehr, ob dein Gespenst vielleicht wieder irgendwo rumgespukt hat. War aber nicht der Fall.«

»Ich weiß zwar nicht, was Richardson von der Geschichte hält, aber Stone kolportiert sie genüsslich als einen typischen Anfall deutscher Paranoia.«

John Hurtzig kam vom Haus her zu uns rübergeschlendert. »Welche Eier brütet ihr denn aus?«, fragte er gemütlich.

»John, bitte, wir reden über sehr ernste Dinge«, erklärte Mertens mit einem Augenzwinkern. »Arnes Geisterfahrer.«

»Das habe ich mir fast gedacht.« Hurtzig ließ sich auf einen der Gartenstühle plumpsen. »Mir scheint das Ganze nur schwer vorstellbar, oder? Nicht, dass ein russisches U-Boot über den Atlantik schippert, aber dass es unbemerkt so nahe an unsere Küste gekommen sein soll, will mir nicht eingehen.«

»Noch fünfundvierzig sind bei Kriegsende unsere Boote bis nach Finnland vorgedrungen, andere haben sich notgedrungen in Sichtweite britischer Flottenbasen ergeben. Selbst vor der amerikanischen Küste wurde dann nach diesem Zeitpunkt noch ein deutsches Boot versenkt, das dort weiter operierte, weil es den Befehl zum Rückmarsch und zur Kapitulation nicht erhalten hatte. Oder *U 977*, das mit einer sechsundsechzigtägigen Unterwasserfahrt den ganzen Weg bis nach Argentinien geschafft hat, und das war noch nicht mal ein Elektroboot.«

»Ihr, die Grauen Wölfe, seid damals schon was Besonderes gewesen.«

Ich hatte Mühe, ein Seufzen zu unterdrücken. In den drei Jahren, seit der Krieg ausgestanden war, hatte sich das Legendenbild, das die deutsche U-Boot-Waffe umrankte, eher vergrößert, als dass es bescheidener geworden wäre. Selbst die Tatsache, dass wir den Krieg verloren hatten, war dabei komischerweise in den Hintergrund gerückt. Dönitz' Wölfe waren im Ausland auf eine seltsame Art und Weise als Legenden lebendig. Der Löwe war in Nürnberg zu zehn Jahren verurteilt worden, aber die Tommys waren vor Gericht nicht mit der von ihnen geforderten Todesstrafe durchgekommen, weil ausgerechnet Chester W. Nimitz, der amerikanische Oberbefehlshaber der US-Pazifikflotte, unerwartet von sich aus eine Lanze für den Löwen gebrochen hatte. Seine schriftliche Aussage, dass die von Dönitz erteilten Befehle sich nicht wesentlich von denen unterschieden hätten, die amerikanische Kommandanten erhielten, hatte nicht nur Dönitz den Hals gerettet, sondern auch eine klare Trennung zwischen den Grauen Wölfen und den Nazis vorgenommen, wenigstens, soweit es die öffentliche Meinung betraf.

»Nein, wir waren nichts Besonderes, sondern wie alle in diesem Krieg eher arme Schweine«, widersprach ich Hurtzig. »Sogenannte Erfolge gegeneinander aufzurechnen ist doch eigentlich müßig. Der größte Träger seiner Zeit, die japanische *Shinano* wurde trotz drei Zerstörern, die Sicherung fuhren, von einem einzigen amerikanischen U-Boot, der *Archerfish*, versenkt. Die Briten haben die *Prinz Eugen* beschädigt, obwohl ein ganzes Rudel T-Boote unterwegs war, um genau das zu verhindern.« Ich verspürte nur eine grenzenlose Bitterkeit. »Und wenn es ein Boot erwischte, sind unsere Kameraden genauso elendiglich abgesoffen wie deine, John.«

»Okay, okay, ich verstehe, worauf du hinaus willst.«

»Wir alle haben doch nur unsere verdammte Pflicht und Schuldigkeit getan und sie ausgeführt, so gut es eben ging, Gefahren und Risiken hin oder her. Wenn du den Befehl erhalten hättest, mit deinem Boot quasi in Sichtweite der japanischen Küsten aufzuklären, wärst du doch wohl auch losgezockelt.«

»Natürlich. Aber ich hätte dabei auch alles drangesetzt, um der Aufmerksamkeit der Japaner zu entgehen, zumal sich pure Aufklärung generell unauffälliger ...« Hurtzig stockte abrupt, denn irgendetwas in seinem Kopf hatte Klick gemacht. »Oh, verdammt!«, entfuhr es ihm.

»Denkbar, möglich und machbar ist vieles«, meinte Willy Mertens, Hurtzigs Reaktion interpretierend. »Aber damit ist noch lange nicht gesagt, dass sich momentan ein russisches U-Boot in der Nähe unserer Testgefilde tummelt. Arne hat neuerdings manchmal so Anwandlungen wie dieser McCarthy, der unter jedem Bett versteckt einen Kommunisten wittert.«

»Nun übertreib mal nicht, Willy«, sagte ich und nahm noch einen Schluck von meinem Bier. »Immerhin hast auch du gesehen, dass es da auf dem Radarschirm etwas gab.«

»Das mit dem undefinierbaren Etwas stimmt schon, nur muss es deswegen noch lange kein U-Boot gewesen sein. Es kann sich dabei um alles Mögliche gehandelt haben, angefangen von einem harmlosen Fischer bis hin zu einer simplen Funktionsstörung des Systems. Die ganze eingesetzte Technik ist so brandneu, dass Letzteres vermutlich am Wahrscheinlichsten ist.«

Vom Haus aus drang Kindergeschrei herüber. »Das klingt, als sei ich gefragt«, erklärte John Hurtzig und schmunzelte vergnügt. »Arne, dir könnte es vielleicht nicht schaden, wenn du dich mal zur Abwechslung zumindest mit den Grundelementen von Baseball beschäftigen würdest, denn du befindest dich schließlich in Amerika.«

Ich gab einen abgrundtiefen Seufzer von mir. »Warum hat bloß hierzulande kaum jemand was für den guten alten europäischen Fußball übrig!«

»Vermutlich eine Sache der Mentalität. Ihr habt ja zum Beispiel auch nichts mit der britischen Begeisterung für Kricket am Hut, was ich allerdings sogar verstehen kann. Baseball ist natürlich was ganz anderes. Und wenn es dir recht ist, dann zeige ich Björn jetzt ein paar Finessen aus dem Repertoire eines Ty Cobb und eines Babe Ruth*.«

»Auch wenn mir die Namen nichts sagen, tu, was du nicht lassen kannst«, erwiderte ich, wissend dass John bei der Sache genauso viel Spaß haben würde wie mein Sohn. Hurtzig war verheiratet, hatte zwei bildhübsche Töchter, denen er seine Baseball-Leidenschaft nicht praktisch vermitteln konnte. Björn hingegen hatte in mir einen Vater, der von dem Sport so viel Ahnung hatte wie ein Ochse vom Klavierspiel.

»Familienleben auf amerikanisch«, meinte Mertens und sah dem davoneilenden Hurtzig nach. »Es hat den Anschein, als werdet ihr hier völlig sesshaft.«

»Ich vermisse Deutschland … manchmal«, räumte

* Legendäre Baseballspieler aus der Vorkriegszeit.

ich ein, was durchaus auch stimmte. »Aber die Kinder wachsen hier auf, alle ihre Freunde in der Schule sind Amerikaner.«

Willy ließ den Blick über das Anwesen gleiten. Die Festanstellung bei Electric Boat* hatte dies alles möglich gemacht. Für mich grenzte dies allerdings noch immer irgendwie an ein Wunder. Nicht zum ersten Mal hatte ich mich mit meinem Freund darüber unterhalten. »Ohne Frage, ihr habt wirklich ein hübsches Heim gefunden«, sagte Willy und klang dabei seltsam traurig.

»Sieh es mal einfach so, Willy: Für Björn und Kirsten, die in ihrer Kindheit vor allem Furcht, Krieg und Hunger gekannt haben, sind hier deren Weichenstellungen für die Zukunft einfach besser als in der alten Heimat.«

»Nur vergiss nicht, das Klima kann sich auch hier jederzeit wieder ändern. Du brauchst bloß an McCarthy, Hoover und die sonstigen fanatischen Kommunistenjäger zu denken. Die veranstalten doch eine Art Meinungsterror, der mir aus Deutschlands Vergangenheit irgendwie bekannt vorkommt. Nicht, dass ich ein Kommunist wäre, aber vermutlich zieht es mich irgendwann wirklich wieder nach Hause zurück.«

---

* General Electrics, die Mutterfirma von Electric Boat, hat immer schon günstige Hausbaukredite an eigene Mitarbeiter vergeben. Es war eines der Mittel, mit dem man u.a. nach dem Krieg Deutsche, die man angeworben hatte, sesshaft machte.

»Vielleicht solltest du dir ein nettes Mädel suchen, heiraten und eine Familie gründen.«

»Ich … es gab mal jemanden, mit dem ich mir dies hätte vorstellen können.« Willy brach ab und sah mich an. »Aber in den Wirren des Krieges haben wir uns eben aus den Augen verloren. Ich brauch dir ja nicht zu erzählen, wie es am Ende zuging.«

»Du hattest in Königsberg einen Schatz, ich weiß.«

»Wie kommst du denn jetzt ausgerechnet darauf?«, fragte Willy mich erstaunt.

»Vergiss nicht, wir waren gemeinsam mit unserem Boot in der Ostsee unterwegs, als die Funksprüche eintrafen, der Endkampf um Königsberg habe begonnen.* Dein entsetztes Gesicht besagte alles.«

Mertens schwieg lange und nachdenklich, bevor er sich einen Ruck gab. »Das ist Schnee von gestern«, erklärte er, sichtlich um Fassung bemüht, und wechselte das Thema. »Was liegt eigentlich nächste Woche für dich an?«

»Brüten über Plänen in der Konstruktionsabteilung in garantiert endlosen Sitzungen. Laut Richardson und diesem Ingenieur Burnham soll ich dabei so etwas wie die Stimme der Praxis verkörpern.«

»Klingt echt spannend«, witzelte Willy. »Doch als ehemaliger Flottillenchef bist du nun mal auch ein gelernter Papierkrieger.«

»Das ist genau mein Fluch«, stimmte ich ihm zu.

---

* Siehe Erik Maasch: U 2532: Bis zum bitteren Ende

»Ich darf mich mit derartigem Zeug abquälen, während du dich mit einem Barracuda amüsierst.«

»So lustig, wie du meinst, dürfte das nicht werden, denn ich verspreche mir von den Tests keine sonderlich erfreulichen Ergebnisse.«

»Wie das?«

»Der Bootstyp bringt's einfach nicht, ist getaucht zu langsam und dabei zeitlich auch noch über die Maßen limitiert. Das Ding als solches sollte ad acta gelegt und einfach nur das Sonar behalten werden, denn das ist wirklich gut.«

»Besser als das auf der *Minnow*?«

»Aber hallo! Die größere Sonarsphäre macht das System empfänglich für jedes niederfrequente Geräusch auf mindestens zwanzig Meilen Abstand, zumindest, wenn ich nicht gerade unbedingt mit AK durchs Wasser brettere. Wir werden übrigens in dem gleichen Gebiet unterwegs sein, wie du in der letzten Woche. Dein Einverständnis vorausgesetzt, würde ich mir gern deinen Lieutenant Michaels als XO ausleihen.«

»Klar, warum auch nicht. Ist kein schlechter Mann, also schnapp ihn dir!«

* * *

Die nächste Woche saß ich in der Tat hauptsächlich mit Ingenieuren zusammen, und das zentrale Thema war die technische Weichenstellung für die Zukunft. Die Navy würde innerhalb der nächsten zwanzig

Jahre nicht umhinkönnen, ihre U-Boot-Flotte komplett auszutauschen. Sicher würden einige der alten Typen noch lange im Dienst bleiben können, aber allenfalls als Ausbildungsboote, denn das hatten alle Tests mit den ersten GUPPYs bewiesen, als Kampfboote waren sie von der Zeit überholt worden. Es würde daher neuer Boote bedürfen. Dutzende vielleicht, und sollten sich die Befürchtungen der Navy bestätigen, sogar Hunderte mussten her. Denn die Furcht vor den Kommunisten grassierte nicht nur in Kreisen des Militärs, das dabei in erster Linie an Russland dachte. Auch im Senat machte Joseph McCarthy mächtig von sich reden, wobei er mit seinen antikommunistischen Äußerungen auf die Zustimmung vieler traf. Dass die Kommunisten in den Staaten aktiv waren, war nicht zu bestreiten. Es hatte etwa die Aussage eines Mitglieds der Kommunistischen Partei der USA vor dem Bureau of Investigation gegeben, in der von etwa hundertfünfzig Spionen in Regierungsstellen die Rede gewesen war. Weitere Informationen waren seitdem an die Presse durchgesickert, und es verging kaum ein Tag, an dem nicht neue Namen auftauchten. Amerika fühlte sich mit einer neuen Bedrohung konfrontiert, und zum ersten Mal tauchte der Begriff des Kalten Krieges in den Medien auf, ein kalter Krieg, der eines Tages zu einem heißen werden mochte. Folglich machten sich alle Teilstreitkräfte für ihre jeweiligen Belange stark und versuchten, Gelder zugewiesen zu bekommen. Der Kreis schloss sich, denn irgendwo gab es auch einen Etat für größere, schnellere und kampfstärkere U-Boote.

»Was meinen Sie denn, Commander Thomsen?«

Ich blickte auf, als Richardsons Stimme mich aus meinen Gedanken riss. »John hat fraglos recht. Unter mindestens fünfundzwanzig Knoten gibt es kein Herankommen an einen Trägerverband, Ist-Status heute. Doch darüber hinaus sind uns ja allen die weiterreichenden Ideen und Konzepte von Captain Rickover* bekannt.«

»Und die betreffen nicht nur U-Boote, sondern auch die Träger«, fügte Burnham ergänzend hinzu.

»An deren Vormachtstellung auf den Meeren dieser Welt gibt es ja wohl nichts zu rütteln«, fuhr Richardson dem Ingenieur ungnädig in die Parade.

»Noch mag das der Fall sein«, sagte ich bedächtig. »In dem hinter uns liegenden Krieg war jeder Vorsprung durch eine neue Technik nur von relativ begrenzter Dauer. Sie hatten Radar, drei Jahre später verfügten wir über Funkmess. Sie hatten ASDIC, wir entwickelten das S-Gerät. Wir hatten den Zaunkö-

---

* Captain, später Admiral Hyman G. Rickover, der Vater der nuklearen Navy, legte bereits 1947 in einem Memorandum seine Vorstellungen von einer Flotte von etwa 200 nuklear betriebenen U-Booten und mindestens einem Dutzend Superträgern, ebenfalls nuklear betrieben, dar. In dieser Vorstellung wurden die Projekte GUPPY und der Träger United States, die noch auf konventionellen Antrieben beruhten, zu reinen Zwischenlösungen reduziert, aus denen man Erfahrungen in technischen Bereichen ziehen konnte, die im Prinzip aber nichts mehr mit dem Antrieb zu tun hatten.

nig, woraufhin die Alliierten umgehend einen akustischen Torpedo zur U-Boot-Jagd entwickelten.«

»Also gehen Sie davon aus, dass die Russen irgendwann auch Atombomben und nuklear betriebene Schiffe besitzen werden?«

»Ausschließen würde ich es jedenfalls nicht«, bekannte ich. »Und die Russen zu unterschätzen ist etwas, wovor ich warnen möchte. Im Gegensatz zur Navy werden die Sowjets eher auf Kreuzer oder große Zerstörer setzen, aber bei den U-Booten haben wir uns auf beiden Seiten im Grunde mit den gleichen Problemen rumzuschlagen, mit Kampfschiffen, die über Wasser dreißig Knoten laufen werden. Selbst ordinäre Frachter bringen es vereinzelt bereits auf achtzehn Knoten, und das mit konventionellen Antrieben. Wenn die Russen also die Sache mit unseren Atomantriebsplänen spitzkriegen, dann werden deren Kriegsschiffe künftig auch mit dreißig und mehr Knoten unterwegs sein, spätestens in deren übernächster Generation.«

Burnham als Ingenieur hatte natürlich sofort mit dieser Prognose Probleme. »Sie halten demnach fünfundzwanzig Knoten nicht für ausreichend?«

»Jedes mehr an Geschwindigkeit wäre selbstverständlich besser.«

Richardson schaltete sich wieder ein. »Die Diskussion über dieses Thema momentan weiterzuführen dürfte nichts bringen. John, Sie können ja noch einmal das Ganze in aller Ruhe durchgehen, und vielleicht finden Sie dabei die Möglichkeit, irgendwo noch etwas mehr Speed rauszukitzeln. Und Sie, Commander Thomsen, sollten sich von Ihren Idealvorstellungen eines perfekten U-Bootes verabschieden.«

Die Zurechtweisung musste ich schlucken, denn Richardson hatte recht, weil so ein Ding ja irgendwie auch bezahlbar bleiben musste und zudem innerhalb der nächsten fünf Jahre und nicht zu einem entfernten Nimmerleinstag schwimmen sollte. Fünf Jahre mochten lang klingen, waren es aber nicht. Selbst unter Kriegsbedingungen und der Bündelung sämtlicher Ressourcen hatten wir zwei Jahre benötigt, um unsere Elektroboote zu entwickeln, wobei wir auf viele bewährte Bauteile hatten zurückgreifen können. Ein Atom-U-Boot erforderte jedoch eine komplett neue Technik.

»Einverstanden«, beschied ich Richardson. »U-Boot-Jagd mit fünfundzwanzig Knoten und einem eventuellen Plus ist ja momentan so schlecht auch wieder nicht.«

John Burnham wirkte erleichtert. »Das kriegen wir schon irgendwo noch gebacken, auch wenn das Boot bereits jetzt schon verdammt groß und schwer geraten dürfte, laut Entwurf ungefähr dreieinhalbtausend Tonnen getaucht. Womit wir bei der Frage der Bewaffnung wären. Mit dem neuen Antriebsstrang, der Sonarsphäre im Bug und dem Reaktor in der Mitte wird es eng. Wenn wir die üblichen zehn Rohre plus Raum für deren ausreichende Reservebestückung unterbringen wollen, wird uns wohl nichts anderes übrigbleiben, als nochmals platzmäßig zuzulegen.«

»Das ist leichter gesagt als getan«, merkte Richardson an. »Das stellt uns vor ein Heidenproblem, John.«

Ich sprang dem Ingenieur bei: »Das muss meiner Meinung nach aber nicht unbedingt so sein. Wenn Sie sechs als Bugrohre unterkriegen, dann kommen wir auch so hin.«

»Ist das in punkto Feuerkraft nicht ein bisschen wenig?«, fragte Richardson.

»Das täuscht«, erklärte ich. »Alle Torpedoleitrechner, die wir derzeit haben, können lediglich sechs Aale gleichzeitig füttern. Bei zehn Rohren bedeutet das, ich muss sowieso den Leitrechner für die Bugrohre einsetzen und kann frühestens etwa zwei Minuten nach einem Fächerschuss meine Heckrohre benutzen. Doch jeder U-Boot-Kommandant, der einen Zerstörer mit über dreißig Knoten hinter sich anlaufen hat, wird den Teufel tun, unter diesen Bedingungen Zeit mit den Heckrohren zu verschwenden, vor allem, wenn er über ein Boot verfügt, das so schnell und tief tauchen kann wie die *Nautilus*.«

»Und dann? Schneller bleibt der Zerstörer ja immer noch!« Es war Richardson anzumerken, dass er mit der geschilderten Situation nichts anzufangen wusste.

»Er kann schneller geradeaus laufen, und er kann seine Wabos werfen. Aber bis die unten bei mir eintrudeln, bin ich bereits schon wieder eine Viertelmeile weg. Dann muss er erst mal wieder mit der Fahrt runter und mich erneut finden. Bis er das geschafft hat, bin ich so weit entfernt, dass er genauso gut gleich aufgeben kann. Er hätte höchstens eine Chance, falls ich blöd genug bin, was mit den Heckrohren zu versuchen.«

»Demnach wären Heckrohre also vom Prinzip her überholt?«

»Es hat zumindest den Anschein«, erklärte ich. »Die Entwicklung schreitet natürlich voran, auch bei den Torpedos, und die Geschichte mit U-Booten, die ihrerseits U-Boote jagen, ist so neu, dass niemand prophezeien kann, wie sich die in zehn, zwölf Jahren gestalten wird.«

»Klingt etwas vage«, sagte Richardson leicht gequält.

»Ist es aber nicht«, meinte ich gelassen. »Wenn ein Boot gegen Konvois oder schwere Kriegsschiffe operiert, braucht es in erster Linie seine Bugrohre. Geht es jedoch gegen ein anderes U-Boot, wird jeder Kommandant versuchen, sich in den Rücken des Gegners zu setzen, und gefeuert werden würde dann also auch aus den Bugrohren.«

»Was aber, wenn der Gegner Heckrohre hat?«

Ich winkte ab. »Von mir aus kann er deren zehn haben. Wenn ich erst mal hinter ihm bin, vermag er mich nicht zu hören. Wohin sollte er daher feuern wollen? Kitzlig würde die Sache allenfalls erst, wenn die Russen über gleich schnelle U-Boot-Typen verfügten oder über Sonars, die Objekte erfassen können, auch wenn die nicht in einem der vorderen Quadranten sind.«

»Das ist ein ziemlich starker Tobak, den Sie da vorbringen, Thomsen!« Burnham musterte mich höchst interessiert. »Es gibt durchaus Experten, die behaupten, Torpedorohre im Heck seien zur Verteidigung unabdingbar.«

»Das war sicher mal richtig. Heutzutage würde ich bei einer Verteidigung nach achtern aber eher an Magnetminen denken, allerdings auch nur theoretisch. Praktisch würde ich jedoch bei dem Verdacht, jemand säße mir im Genick und wollte mir mit Torpedos ans Leder, mit dem Boot ganz gehörig auf Tiefe gehen, da die Dinger nur für einen relativ nahen Abstand zur Oberfläche ausgelegt sind. Weiter unten würde der Wasserdruck die Aale schlicht und ergreifend zerquetschen.«

Richardson blieb hartnäckig. »Und was ist mit den akustischen Torpedos der Limeys?«

»Die können Sie zunächst getrost vergessen. Im Krieg erwischten die Briten nur die alten deutschen U-Boote, die nicht tiefer als sechshundert, siebenhundert Fuß tauchen konnten, von den neueren Modellen jedoch kein einziges, ganz einfach weil die Aale nicht so weit runter kamen.«

»Von dem Entwicklungsprojekt Mk 37 bei Westinghouse werden Sie vermutlich schon gehört haben«, flocht Burnham ein.

Richardson und ich nickten einhellig.

»Ändert das etwas an Ihren Einschätzungen, Thomsen, nachdem Sie glauben, alles, was wir haben, können die Russen auch bauen?«

»Gar nichts!« Ob seiner sichtlichen Irritation konnte ich mir ein leichtes Grinsen nicht ganz verkneifen. »Westinghouse räumt ja intern bereits ein, dass der Torpedo nur für Tiefen bis tausend Fuß und für Ziele gut ist, die langsamer als zwanzig Knoten sind. Fraglos die momentan modernste Unterwasserwaffe, aber kaum geeignet, ein Boot wie die *Nautilus* zu erwischen.«

»Also keine Gefahr für unser Boot?«, vergewisserte sich Richardson.

Keine Gefahr? Natürlich gab es immer x Gefahren. Die neue Technik konnte in allen möglichen Bereichen versagen, der Reaktor konnte uns unter Umständen sogar um die Ohren fliegen, ein Torpedo konnte in den Rohren krepieren, jemand konnte in einer hektischen Situation ein Ventil auf- statt zudrehen, und so weiter, und so fort. Auch ohne das Vorhandensein eines Gegners, der einen unter Beschuss nahm, ließ sich diese Liste ellenlang fortführen. Ich erwiderte Richardsons Blick. »Zumindest keine neue Gefahr.«

»Ihr Wort in Gottes Ohr!«, meinte unser oberster Chef bedächtig. »Von daher darf ich Sie, Commander Thomsen, bitten, Ihre Thesen zum Thema Torpedorohre in schriftlicher Form in einem Memorandum festzuhalten, die ich dann bei Hyman Rickover vertreten werde. Ihnen beiden gegenüber brauche ich ja wohl nicht eigens zu betonen, dass das Ganze selbstverständlich topsecret ist und bleiben muss.«

* * *

Die erste Bombe platzte am Mittwoch. Ich hatte in der Zwischenzeit brav an meinem Memorandum gewerkelt, einen halben Nachmittag dafür genutzt, mich mit ein paar neuen Leuten in der Testcrew zu unterhalten und darüber hinaus noch etliche Stunden mit Burnham verbracht, um mit ihm weitere Details durchzusprechen. Obwohl es für die Entwicklung des ersten Prototyps eines nuklear angetriebenen U-Bootes offiziell noch gar keinen Namen, sondern nur eine Projektnummer gab, sprachen wir von Anbeginn an nur von der *Nautilus*. Sie würde den Traum eines jeden U-Boot-Fahrers verkörpern, schneller sein als jedes andere Boot, dabei auch tiefer tauchen können als die meisten, mit Ausnahme der Typ-XXI-Boote, die mit einer Testtiefe von über dreizehnhundert Fuß unübertroffen blieben. Mit dreieinhalbtausend Tonnen würde die *Nautilus* mehr als dreimal so groß sein wie das erste U-Boot, das ich kommandiert hatte. Ihr würde es möglich sein, Vorräte für Monate mit sich zu führen, Sauerstoff und Trinkwasser aus dem Meerwasser zu gewinnen, und in ihrem Inneren war ausreichend Platz für die Besatzung auch auf extrem langen Tauchfahrten und Unternehmungen vorgesehen. Auf den gegenwärtigen amerikanischen Booten war es den Männern erlaubt, alle drei Tage zu duschen – ein Umstand, der jedem deutschen U-Boot-Fahrer wie der Himmel auf See vorgekommen wäre. Bei der *Nautilus* würde es in dieser Hinsicht überhaupt keine Beschränkungen mehr geben. Nur wer einmal drei Monate ununterbrochen mit einer großdeutschen Tauchröhre in See gewesen war, ohne auch nur einmal die Möglichkeit dazu gehabt zu haben, konnte verstehen, dass eine normale heiße Dusche zu einem sehnsuchtsvoll herbeigewünschten Traum werden konnte. Die *Nautilus* war in jeder Hinsicht ein Traum, die reale Umsetzung von Jules Vernes Utopie. Doch aus verständlichen Gründen war die Zahl jener Personen, die überhaupt von der Existenz des Projektes wussten, begrenzt.

Als Richardson jemanden losschickte, mich zu suchen, befand ich mich gerade bei den Dockern und schaute mir die Nachbesserungsarbeiten an einem der drei Boote an, die zur Überholung hier waren. Beim Probetauchen hatte sich eine der Stopfbuchsen als undicht erwiesen, und die Werftarbeiter waren dabei, der Sache auf den Grund zu gehen. Da der Boss mich sofort sehen wollte, blieb mir nichts anderes übrig, als loszumarschieren, so, wie ich war. Im Kesselanzug stapfte ich durch sein Vorzimmer.

»Commander Thomsen, schön, dass Sie die Zeit gefunden haben …«

Das klang so, als hätte ich einer Bitte entsprochen, doch wenn Richardson nach einem rief, dann kam dies einem Befehl gleich. »Aber das ist doch selbstverständlich, Sir«, sagte ich und musterte mit unverhohlenem Interesse die weiteren drei Männer, die sich mit ausdruckslosen Mienen und angetan mit gedeckten Anzügen und dezenten Krawatten ebenfalls in seinem Büro befanden.

Der Chef übernahm deren Vorstellung. »Mister Smith von der CIA kennen Sie ja bereits, und dies hier sind die Agenten Miller und Gerczewski vom FBI.« In Richardsons Stimme schwang ein warnender Unterton mit, und in mir kam ein mulmiges Gefühl auf. Ich hatte noch nie mit dem FBI zu tun gehabt, aber das Auftreten der beiden hatte eine gewisse Ähnlichkeit mit dem der Gestapo, und die Burschen hatte ich ja zur Genüge erlebt*.

Miller setzte sich auch prompt auf die Ecke von Richardsons großem Schreibtisch. »Nehmen Sie ruhig Platz, Commander, denn die Sache hier kann etwas länger dauern.«

Gehorsam ließ ich mich in einen Besuchersessel sinken. »Was kann ich für Sie tun?«

Ohne Umschweife kam der Agent zur Sache. »Was sagt Ihnen der Name *Nautilus*?«

Ich schluckte. »Darüber mit Ihnen zu sprechen, Agent, ist mir verwehrt.«

Richardson räuperte sich. »Die beiden Herren wissen Bescheid, und wir können also offen reden, Commander Thomsen.«

Also daher wehte der Wind! Ich warf einen kurzen

---

* Siehe Erik Maasch: Letzte Chance: U 112

Blick auf das Gesicht meines Chefs, der einen ziemlich unglücklichen Eindruck machte, aber das war im Augenblick nicht mein Problem. »Darf ich fragen, worum es geht? Nachdem Mister Richardson Sie offenbar bereits in Kenntnis gesetzt hat, wieso …«

Miller winkte ab. »Das FBI hat gestern bei einer Razzia ein Kommunistennest ausgehoben.«

»Und was hat das mit mir zu tun? Ich verstehe nicht ganz, worauf Sie hinauswollen.«

»Das kommt schon noch, Commander.« Gerczewski baute sich vor mir auf. »Arne Thomsen, aktueller Rang Commander, United States Navy Reserve; im Krieg U-Boot-Kommandant, Flottillenchef, Dienst in Dönitz' Stab, danach wieder U-Boot-Kommandant; Ritterkreuzträger, verheiratet, zwei Kinder. Über politische Aktivitäten geht aus Ihrer Akte ansonsten nichts weiter hervor.«

Ich zuckte mit den Schultern. »Für Politik habe ich mich eben noch nie sonderlich interessiert. Das ist alles.«

»Demnach waren Sie also nie Mitglied einer kommunistischen Partei, weder in Deutschland noch in den Staaten?«

»Nie. Und bevor sie fragen: ich kenne auch keine Mitglieder der kommunistischen Partei. Außerdem glaube ich nicht, dass ein Offizierskorps oder ein Betrieb wie Electric Boat taugliche Nährböden für Kommunisten bilden.«

»Täuschen Sie sich da mal bloß nicht! Kommunisten gibt es leider überall.« Miller zog aus seiner

Aktentasche eine Mappe hervor, die er mir zureichte. »Schauen Sie sich das hier mal an und sagen Sie mir dann, ob Ihnen etwas bekannt vorkommt.«

Allein schon beim Lesen der Überschrift lief mir ein eisiger Schauer über den Rücken: Konzeptionelle Überlegungen zur *Nautilus*. Der Zeilenfall bei den getippten Seiten war zwar etwas anders, aber dennoch handelte es sich dabei ganz eindeutig um meinen Text.

»Das darf ja nicht wahr sein!«, entfuhr es mir entsetzt.

»Ist es aber!«, sagte Miller scharf und bitter. »Nachdem Ihr Memorandum topsecret war, stellt sich natürlich die Frage, wie dessen Inhalt in den Tresor der Redaktion einer kleinen kommunistischen Zeitung gelangt sein könnte. Haben Sie dafür eine Erklärung, Commander?«

In meinem Kopf überschlugen sich die Gedanken. »Nein«, bekannte ich schließlich. »Mir persönlich ist das Ganze ein völliges Rätsel. Ich habe das Papier eigenhändig mit zwei Durchschlägen getippt. Das Original ging an Mister Richardson, den einen Durchschlag erhielt John Burnham, den anderen habe ich in meinem Büro verwahrt.«

»Nur ist das hier kein Durchschlag. Von Mister Richardson wissen wir, dass er das Original bekommen hat. Nicht auszuschließen ist jedoch, dass jemand Zugang zu Ihrem Memorandum gehabt und das Ganze abgetippt hat.«

»Oder abfotografiert und erst danach abgetippt

hat.« Ich spürte langsam einen ziemlichen Zorn in mir aufsteigen. »Oder verdächtigen Sie am Ende gar mich?«

Miller hob beschwichtigend die Hand. »Das tut momentan niemand, aber wir müssen herausfinden, was hier vorgeht. Fest steht, dass es unter den Beteiligten an diesem Projekt einen kommunistischen Spion gibt. Noch wissen wir nicht, ob dieser von uns aufgedeckte Fall der erste seiner Art ist oder ob nicht die Russen schon seit längerer Zeit in aller Ruhe Ihre Berichte mitlesen. Kein sonderlich erfreulicher Gedanke, finden Sie nicht auch?«

»Das können Sie sich ja wohl selbst an fünf Fingern ausrechnen!«, fauchte ich. »Commander Mertens, mit dem ich mir mein Büro teile, ist seit Montagmorgen in See, und da ich dieses Memorandum erst am Nachmittag geschrieben habe, dürfte er als Verdächtiger kaum in Frage kommen.«

»Also muss jemand anders in dem Zeitraum danach, der bis Dienstagabend reichen könnte, den Text in die Hände bekommen haben.«

Smith, der CIA-Agent, der bisher wortlos zugehört hatte, schaltete sich nun ein. »Wenn ich das richtig sehe, Commander, dann sind Sie ab und zu auch irgendwo innerhalb der Werft unterwegs, besuchen irgendwelche Abteilungen oder halten sich auf irgendeinem der Boote auf. Ihr Arbeitsoverall deutet jedenfalls darauf hin, dass Sie sich vermutlich im Dock befanden, als Mister Richardson Sie rufen ließ.«

»Das ist schon richtig, nur was hat das jetzt damit zu tun?«

»Nicht mehr und nicht weniger, als dass Ihr Büro schon auch mal eine Weile leergestanden hat, nachdem Commander Mertens ja in See ist. Jeder hätte ohne weiteres …«

»Nein!«, unterbrach ich ihn. »So einfach wäre das überhaupt nicht gegangen, da mein Durchschlag sich im Panzerschrank befindet, den unbefugt aufzukriegen verdammt schwierig wäre.«

»Vielleicht sollten wir uns das besser selber alles mal ansehen.«

Stirnrunzelnd sah ich Gerczewski, der den Vorschlag gemacht hatte, an. »In meinem Tresor befinden sich Unterlagen zu verschiedenen Projekten, die alle secret oder topsecret sind.«

»Und?«

»Bisher haben Sie mir keine Ermächtigung für den Umgang mit Geheimsachen vorgezeigt. Deshalb ist es völlig ausgeschlossen, dass ich Ihnen den Inhalt meines Tresors auch nur flüchtig zeige, Agent Gerczewski.«

Der FBI-Mann lief puterrot an. »Wie meinen Sie das?«

»Wortwörtlich so, wie ich es gesagt habe. Ohne Vorlage einer entsprechenden Ermächtigung kommt das nicht mal im Entferntesten auch nur in Betracht.«

Die beiden Agenten wechselten ratlos ein paar Blicke.

»Der Commander hat völlig recht«, erklärte Smith

und wirkte dabei leicht amüsiert. »Das schätze ich ja an den Deutschen auch so, dass sie sich immer und ohne Wenn und Aber an die Vorschriften halten. Da sowohl Mister Richardson als auch Commander Thomsen bereits bekannt ist, dass ich über alle diesbezüglich erforderlichen Befugnisse verfüge, werde ich deshalb die persönliche Inaugenscheinnahme übernehmen. Dann wollen wir mal«, forderte er mich auf.

Ich öffnete den Tresor, der größer als ein Überseekoffer war, und Smith ließ sich meinen Durchschlag des Memorandums zeigen. Den sonstigen Dokumenten schenkte er keinerlei Beachtung. »Ganz schön mächtiger Kasten«, murmelte der Vertreter der CIA vor sich hin, als er begann, die Tresortür genauer zu inspizieren.

»Für die dicken langen Rollen mit irgendwelchen Konstruktionszeichnungen, die wir bisweilen auch hier unterbringen müssen, brauchen wir einfach relativ viel Platz«, erläuterte ich ihm und zögerte unschlüssig etliche Sekunden, bevor ich fortfuhr: »Verzeihen Sie mir bitte, Sir, wenn ich das so direkt anspreche, aber Ihre beiden Kollegen vom FBI sind mir irgendwie unheimlich.«

»Das sind eben typische Hoover-Leute, und die sind nun mal so, wie sie sind.«

»Wollen Sie damit andeuten, die verdächtigen mich, ein Kommunist zu sein?«

Smith bedachte mich mit einem belustigten Blick.

»Ach was! Einen deutschen U-Boot-Kommandanten und Ritterkreuzträger halten die eher für einen verkappten Nazi, was in deren Augen jedoch wesentlich akzeptabler ist.«

»Oh ...« Ich starrte ihn verblüfft an. »Sie jedoch wissen, dass ich niemals ein Parteigänger der Nationalsozialisten gewesen bin.«

»Das dem nicht so war, haben wir von der CIA ja längst überprüft, aber das muss ich den beiden Kameraden vom Federal Bureau of Investigation deswegen noch lange nicht auf die Nase binden, zumal die auch nicht gerade meine Kragenweite sind. Und ansonsten können Sie den Safe ruhig schon wieder dichtmachen, Commander.«

Ich schlug die schwere Tür wieder zu, drehte das Handrad für das Riegelwerk und verstellte die Zahlenkombination. Als ich mich umwandte, fiel mir auf, dass Smith sehr nachdenklich wirkte, und ich fragte ihn daher direkt, wie er denn die Geschichte einschätzte.

»Das ist eine verdammt ernste und üble Angelegenheit. Der Inhalt Ihres Memorandums ist bei irgendwelchen Kommunisten aufgetaucht, und von dort würde er unter Garantie seinen Weg nach Russland gefunden haben, hätte das FBI nicht zufällig wegen einer ganz anderen Sache dort zugeschlagen. Zum Kreis der Verdächtigen gehört natürlich automatisch zunächst jeder, der über dieses Papier verfügt beziehungsweise die Möglichkeit hatte, es irgendwie in die Finger zu bekommen. Sie, Commander, können sich aber schon mal damit trösten, dass die Kollegen vom FBI Sie für ziemlich vertrauenswürdig halten.«

»Weil sie glauben, ich sei ein verkappter Nazi und damit ein ebensolcher Kommunistenfresser wie sie. Na großartig!« Ich konnte den bitteren Ton nicht ganz unterdrücken.

* * *

Doch die Überraschungen, die diese Woche zu bieten hatte, waren damit noch nicht vorbei. Am Freitagvormittag lief Mertens Boot planmäßig wieder ein, und es dauerte nicht einmal zwei Stunden, bis Willy in unserem gemeinsamen Büro auftauchte, seine Mütze wütend auf den Ständer warf und sich in seinen Sessel fallen ließ. »Haben wir noch was zu trinken da?«

»Waren die Tests denn so schlimm?«, erkundigte ich mich besorgt.

»Einfach grauenhaft!«, bekundete er total vergrätzt. »Richardson habe ich schon mal vorab mündlich einen kurzen Bericht darüber erstattet.«

»Was war los?« Mertens war mit einem Barracuda draußen gewesen, einem kleinen Jagdboottyp, der nach den Vorstellungen der Navy zur Küstenverteidigung gegen russische U-Boote dienen sollte.

»Der Teufel!«, knurrte Willy. »Das Sonar sollte man behalten, und auch die Sache mit den gewinkelten Torpedorohren hat ganz gut funktioniert, aber der ganze weitere Rest ...« Mertens tauchte ab, um aus der untersten linken Schreibtischschublade zwei Wassergläser hervorzuholen, während ich unsere noch halbvolle Whiskeyflasche herbeizauberte. Willy schenkte sich einen mehr als Doppelstöckigen ein, kippte ihn in einem Zug runter, schüttelte sich daraufhin wie ein nasser Hund und füllte umgehend sein Glas ein weiteres Mal, bevor er verächtlich weitersprach. »Ansonsten ist der Topf zu langsam und die Ausdauerleistung unter Wasser zu gering. Außerdem ist die Tiefensteuerung schwergängig und unpräzise. Wenn du herumkommen willst, dann nur mit Hartruder und Voller Kraft voraus, aber dann fängt der Kahn auch gleich an, nach seinem Schwanz zu schnappen*.«

»Au Backe! Da werden die Ingenieure aber ihre helle Freude haben.«

»Das ist längst noch nicht alles«, fuhr Mertens erbost fort. »Als wir uns auf Grund gelegt haben, ist uns der Schmodder bis in die Ruderwellen gedrungen. Der Chief will sich den ganzen Kram näher ansehen, sobald das Boot im Dock ist. Insgesamt umfasst meine Auflistung gravierender Probleme rund fünfzig Positionen.«

Ich hätte mich beinahe an meinem Whiskey verschluckt. »Wie bitte?«

»Nein, nein, Arne, du hast schon richtig gehört, bloß kommt zu der genannten Zahl auch noch der gesamte Schwung der üblichen Lappalien dazu.«

Fünfzig sechzig Beanstandungen auf der Nachbes-

---

* Unkontrollierte enge Drehung

serungsliste nach Testfahrten waren eigentlich völlig normal, nur handelte es sich dabei üblicherweise um Kleinigkeiten, wie ein Anzeigenlämpchen, das immer wieder durchbrannte, eine schlecht schließende Abdeckung oder dergleichen. Doch was Willy bislang alles so erwähnt hatte, war ein anderes Kaliber. Das war jene Art von Mängeln, die im Ernstfall todbringend sein konnten. Darüber brauchte man sich nichts vorzumachen, auch wenn im Moment Frieden herrschte: Die Boote, die wir hier bauten, waren für den Krieg konzipiert und mussten folglich auch in der Lage sein, unter den dann herrschenden Bedingungen den Erfordernissen zu entsprechen. »Oh, oh!«, sagte ich. »Nach dem was du mir erzählt hast, werden vermutlich ein paar Köpfe gar mächtig rauchen.«

»Hoffen wir es.« Willy genehmigte sich noch einen dritten Whiskey. »Und was war bei euch so los?«

»Wir hatten Besuch, vom FBI!«

»Was wollten die denn hier?«

»Die haben in New York aus mir unbekannten Gründen die Redaktion irgendeines kommunistischen Käseblatts gefilzt und sind dabei auf eine Abschrift meines *Nautilus*-Memorandums gestoßen.«

»So ein Spionagefall hat uns gerade noch gefehlt!«

»Du sagst es, Willy.«

»Und Hoovers Laufburschen nehmen dich jetzt in die Mangel, weil du trotz deiner neuen amerikanischen Staatsbürgerschaft für die immer noch ein Ausländer bist?«

»Die Vermutung hatte ich zuerst auch, doch sie trifft nicht zu. Bei dem Verein scheint man eher der Meinung zu sein, dass wir Deutschen im Grunde unseres Herzens alle irgendwie Anhänger des Nationalsozialismus gewesen seien und dadurch immun gegen kommunistisches Gedankengut. Ein seltsamer Gesinnungsbonus, der aber nur jenen eingeräumt wird, die erst nach dem verlorenen Krieg ins Land gekommen sind. Mit denen, die vor Hitler geflohen sind, sieht's ja ganz anders aus.«

Einige Augenblicke hingen wir jeder für sich schweigend unseren Gedanken nach, denn es hatte nicht wenige andere Landsleute gegeben, die längst schon vor 1945 aus Deutschland vor Hitler und den Nationalsozialisten geflohen waren, nicht freiwillig, sondern weil sie darin eine Überlebenschance sahen. Und etliche hatten in ihren Asylanträgen rein politische Gründe für ihre Verfolgung als Regimegegner angegeben, etwa indem sie anführten, Freunde bei der kommunistischen Partei gehabt zu haben. Doch nun, nachdem die Zeiten andere geworden waren, konnte aus diesen Aussagen ein Bumerang werden. Seit Deutschland keine Gefahr mehr darstellte, machten McCarthy und FBI-Chef Hoover Jagd auf Kommunisten und deren Sympathisanten.

»Großartig!«, sagte Willy Mertens sarkastisch. »Dann haben wir immerhin begründete Aussichten, nicht gleich vom Fleck weg am Schreibtisch verhaftet zu werden!«

»Das wahrscheinlich wohl nicht. Trotzdem hoffe

ich, dass Richardson nicht gleich dem Überbringer einer unliebsamen Botschaft daraus einen Strick dreht.«

»Du meinst wegen der Barracudas?«

»Was sonst? Hinter der Entwicklung stecken jede Menge Geld und Politik.«

»Als ob ich das nicht wüsste«, ereiferte sich Willy. »Nur werde ich deshalb noch lange keinen geschönten Testbericht, der vielleicht höheren Orts erwünscht sein mag, abliefern.«

* * *

Die Tage gingen ins Land, und an der Spionagefront *Nautilus* tat sich nichts, denn das FBI tappte in dieser Sache nach wie vor im Dunklen und stand wie ich auch vor einem Rätsel. Offizielle Abschriften meines Memorandums waren mittlerweile auch, natürlich unter Wahrung sämtlicher Geheimhaltungsmaßnahmen, an die anderen Beteiligten dieses Projekts verteilt worden, da die Arbeit daran schließlich weitergehen musste. Allerdings war dieses Projektteam, das nominell eigentlich gar nicht existierte, nicht in Form einer eigenständigen homogenen Entwicklungsabteilung zusammengefasst, sondern arbeitsteilig strukturiert. Das fing an mit Captain Rickover, der für die Entwicklung nuklearer Anlagen für die Navy verantwortlich war, reichte weiter zu den Leuten bei Westinghouse, denen, wenn es so weit war, der Bau des Reaktors oblag, bis hin zu uns bei Electric

Boat, die das Boot als solches bauen würden. Dass es dazu kommen würde, war so sicher wie das Amen in der Kirche, auch wenn noch keine offiziellen Aufträge dafür vorlagen.

Richardson hatte mich zu einem informellen Informationsgespräch zu sich bestellt. »Über die von Ihnen, Commander, favorisierte reine Torpedorohrlösung im Bug der *Nautilus* habe ich mittlerweile mit unseren Partnern gesprochen. Westinghouse ist davon angetan, weil denen dadurch genügend Platz für ihre Anlagen bliebe. Alles andere ist deren Ingenieuren so ziemlich egal.« Er seufzte, und ich spürte die Neigung, es ihm gleichzutun. »Admiral Rickover hält zwar sechs Bugrohre im Prinzip für völlig ausreichend, liebäugelt aber dennoch mit deren zahlenmäßiger Erhöhung auf acht. Davon, so denke ich, werde ich ihn schon noch abbringen können, auch wenn das noch einiges an Überzeugungsarbeit kosten dürfte.«

»Bliebe Burnham.«

»John strebt als Konstrukteur immer das Maximum des Möglichen an, ein Charakterzug, den man nicht hoch genug veranschlagen kann. Aber im Augenblick scheint er hin- und hergerissen zu sein, ob er entweder den Entwurf als solchen vergrößern soll, um die Bewaffnung zu verstärken, oder ob er sich mit sechs Rohren im Bug abfinden kann.«

»Noch größer? Und welche Tauchzeiten stellt er sich danach vor?«

Richardson zuckte ratlos mit den Schultern. »Die

hält er nicht ganz so für entscheidend, und Admiral Rickover teilt diese Auffassung. Beide gehen davon aus, dass solche Boote ohnehin kaum mehr an der Oberfläche operieren werden, weshalb die Wahrscheinlichkeit, dort erwischt zu werden, für minimal erachtet wird. Bliebe als Wermutstropfen, dass mit zunehmender Größe ein Boot generell leichter erfasst werden kann, und schon im jetzigen Entwurfsstadium ist die *Nautilus* ja bereits ein ziemliches Riesenbaby. Trotzdem hat Burnham ein Problem mit dem Sonar, aber das sollte er Ihnen besser selber erklären, denn von seinen technischen Ausführungen dazu habe ich nicht mal die Hälfte kapiert. Er will die Anlage unbedingt im Bug platzieren und tut sich deshalb erst recht schwer mit den dortigen Rohren.«

In Situationen wie dieser wurde einmal mehr deutlich, dass Richardson von Hause aus ein gelernter Betriebswirtschaftler war. Den Dreh allerdings, seine Leute, die etwas von der Technik verstehen, zu gegebener Zeit von der Leine zu lassen, hatte er perfekt drauf. »Alles klar, Boss«, sagte ich, »dann setze ich mich gern nochmals mit John zusammen. Gibt es übrigens in dieser Spionageangelegenheit mittlerweile neue Erkenntnisse?«

Richardson schüttelte den Kopf. »Smith hat mich zwar zwischenzeitlich mal kurz angerufen, aber eigentlich nur, um mir mitzuteilen, dass sie nach wie vor im Dunkeln tappen. Weitaus mehr Kopfschmerzen bereitet mir allerdings im Augenblick ein ganz anderer Fall, Commander Thomsen.«

Ich brauchte nicht groß zu raten, was gemeint war. »Ich nehme an, es handelt sich dabei um die Barracuda-Geschichte.«

»Sie sagen es! Wenn ich Mertens Stellungnahme in dieser Form vorlege, dann gibt es einen Riesenärger. Nicht, dass ich mich davor scheuen würde, falls Commander Mertens hundertprozentig recht hat.«

»Aber?«

Richardson kramte aus einem Schubfach seines Schreibtisches einen ziemlich dicken Stapel Papier hervor. »Mertens Bericht, die Nachbesserungsliste, die Kommentare des Chiefs, der jeweiligen Sektionsleiter, ein paar Darlegungen der Ingenieure.«

Ich betrachtete das Konvolut mit wachsendem Unbehagen. »Mit dem Barracuda hatte ich bislang so gut wie nichts zu tun, aber selbstverständlich werde ich, wenn Sie das wünschen, Sir, die gesamten Unterlagen gründlich durchackern.«

Richardson legte sein Gesicht in traurige Falten. »Lassen Sie uns offen darüber reden, Commander. Mertens charakterisiert das Boot im Grunde genommen als untauglich. Der Knackpunkt dabei ist jedoch, dass es die Anforderungen der Navy in so ziemlich allen Punkten erfüllt. Das Dilemma besteht nun darin, dass ich schlecht zu BuShips gehen und ihnen sagen kann, sie hätten Mist geordert. Die Alternative wäre, trotz des Wissens darum, denen einfach zu liefern, was so bestellt wurde.«

»Aber Electric Boat hätte demnach dennoch völlig auftragskonform gehandelt«, wendete ich ein.

»Juristisch wären wir, selbst mit Mertens Bericht, aus dem Schneider. Nur was würde das bringen? Wenn wir die Anforderungen unseres Auftraggebers zwar erfüllen, das Gesamtpaket aber hinterher nicht viel taugt, dann geraten auch wir in ein politisches Fahrwasser, und dann wird es bedenklich in punkto Schuldzuweisung, und dabei beißen bekanntlich die Hunde immer den Letzten – und das sind als Ausführende nun mal wir. Nur können wir uns das nicht leisten, da ich auch künftig weitere Großaufträge für uns an Land ziehen möchte. Mertens geradezu vernichtend formulierter Bericht könnte das geschäftliche Klima jedoch nachhaltig vergiften, wobei ich fast den Eindruck habe, er mag unser Boot einfach nicht.«

»Da könnte was dran sein«, pflichtete ich ihm eingedenk von Willys wutschnaubender Rückkehr von der Testfahrt bei.

Richardson schob mir den Packen der Protokolle zu. »Damit sind nun Sie gefordert, Commander. Ich will, dass Sie mit dem Boot rausgehen und es auf Herz und Nieren durchprüfen. Mir ist an einer zweiten Meinung gelegen, und danach werden wir weitersehen.«

»Ich nehme an, das hat Priorität gegenüber meinen eigentlich geplanten Testaufgaben, Sir.«

Richardson überlegte kurz. »Die *Wolffish* wird voraussichtlich erst in drei Wochen aus dem Dock kommen, aber die Baubelehrung ist ja bereits am Laufen.«

»Seit einem Vierteljahr«, konnte ich mir nicht verkneifen anzumerken. »Die gesamte Navy-Crew besteht mehr oder weniger aus Neulingen, die frisch aus der U-Boot-Ausbildung kommen.«

»Das liegt nun mal in der Natur der Dinge«, konstatierte Richardson.

Mit dieser Feststellung hatte er zweifelsohne recht. Es lag auf der Hand, dass die Navy sämtliche Kriegsfreiwilligen und die eingezogenen Reservisten nicht auf Dauer würde an sich binden können, und daher war das Gros kriegserfahrener Besatzungen wieder ins Zivilleben zurückgekehrt. Was nachkam, war eine neue Generation, die ausschließlich aus Freiwilligen bestand, da ja auch die Wehrpflicht in den USA nur für die Dauer des Krieges gegolten hatte. Achselzuckend erhob ich mich. »Dann mach ich mich mal ans Werk und quetsche den Barracuda vor der *Wolffish* rein.«

»Die *Wolffish* sich als nächstes vorzunehmen hätte Sie wohl mehr gereizt?«, merkte mein Chef leicht süffisant an.

»Stimmt!«, räumte ich unumwunden ein. »*Wolffish* ist der erste Versuch, ein GUPPY-Boot von Grund auf zu bauen. Portshmouth Naval hat zwar den Bauauftrag für die *Tang* bekommen, aber technologisch haben wir denen gegenüber einen Entwicklungsvorsprung von beinahe zwei Jahren. Wir werden ein außergewöhnliches Boot haben, und es wird Spaß machen, dessen tatsächliches Leistungsvermögen draußen zu erkunden.«

»Mag sein«, sagte Richardson und lächelte melancholisch. »Ich will Ihnen Ihre Euphorie ja auch nicht nehmen, aber wenn Rickover und Burnham wirklich so etwas wie die *Nautilus* hinkriegen, gehören Boote wie die *Wolffish* spätestens ab dann der Vergangenheit an.«

»Nein, mitnichten, dieselelektrische U-Boote …« Einmal mehr fragte ich mich, wozu ich eigentlich in diesem Laden laufend irgendwelche Memoranden schrieb. Klar, das wurde von Führungskräften in allen Bereichen erwartet, nur hatte ich bislang noch nicht herausgefunden, ob diese Pflichtübungen wirklich dazu dienten, sachbezogene Meinungen einzuholen, oder ob Richardson einfach nur feststellen wollte, ob seine Leute auch fleißig ihren Aufgaben nachgingen.

»Also dann spucken Sie mal aus, was es mit diesen Dingern auf sich hat, Commander«, forderte Richardson mich auf.

»Die Einsatzmöglichkeiten differieren. Ein Atom-U-Boot, wie es Burnham vorschwebt, ist vom Konzept her eine Waffe für die Ozeane, wo es Geschwindigkeit und Reichweite auszuspielen vermag, aber es kann eines nicht: sich im Einsatzfall völlig totstellen wie ein dieselelektrisches Boot. Zumindest müssen immer Pumpen laufen, um den Reaktor zu kühlen, es gibt immer Wärmespuren und dergleichen. Wir selber arbeiten ja schließlich auch an neuen Verfahren, U-Boote zu orten.«

»Woher wissen Sie denn das schon wieder, zumal

Electric Boat damit gar nicht befasst ist?«, fragte Richardson verblüfft.

Ich grinste. »Seeleute erfahren von alters her in Hafenkneipen so dies und das«, sagte ich ausweichend, da ich keine Veranlassung sah, ihm auf die Nase zu binden, dass ich dank Commander Hurtzig ab und zu mal in der Offiziersmesse in der Norfolk Base zu Gast war, und aus den Gesprächen, die dort so geführt wurden, ließ sich manches entnehmen.

Mein Boss war gnädig genug, das Thema nicht weiter auszuloten.

* * *

Wütend zog ich den Kragen etwas höher, aber der Regen fand immer noch seinen Weg durch das Ölzeug. »Steuerbord zehn! Geben Sie ihm etwas mehr Raum.«

Der Lieutenant beugte sich über das Sprachrohr und erteilte die entsprechenden Befehle. Bains gehörte zum Navy-Teil der Crew, während die andere Hälfte der Männer von Electric Boat stammte. Anders ging es nicht, denn im Boot war nicht genügend Platz, um zusätzlich zur kompletten Besatzung noch einen Schwung Werftleute einfach mitfahren zu lassen.

Unter meinen Füßen bewegte sich das kleine Boot unruhig, und die ersten Wasserspritzer kamen über, wobei der Begrifflichkeit »klein« in Amerika eine andere Bedeutung zukam als in Europa. Mit einer

Verdrängung von etwas mehr als siebenhundertsechzig Tonnen über Wasser und rund zwölfhundert Tonnen getaucht, war das Barracuda etwa so groß wie ein ausgewachsenes deutsches VII-C-Boot aus dem Krieg. Mit U 115 hatte ich mein erstes Kommando auf so einem Boot angetreten. Im Grunde basierten beide U-Boot-Typen auf den gleichen technischen Konzepten, aber damit endeten die Ähnlichkeiten dann auch schon.

Während wir uns an den Rand der Fahrrinne verdrückten, murmelte Lieutenant Bains ein paar deftige Verwünschungen. »Der drängt aber verdammt auf unsere Seite rüber, Sir!«, meinte er vorwurfsvoll.

»Vergessen Sie besser das Wegerecht«, sagte ich zu dem jungen Offizier. »Der Dicke hat mindestens fünfzehntausend Tonnen zu bieten, und wenn er über uns drübermangelt, dann kriegt er schlimmstenfalls 'nen Kratzer ab. Gehen Sie ihm getrost aus dem Weg, nach dem Motto: Der Klügere gibt nach.«

Der Dicke war ein Tanker, der sich durch das Fahrwasser in Richtung Hampton Roads quälte. Trotz seiner Größe musste er mit Bestimmtheit noch genügend Wasser unter dem Kiel haben, denn die hiesigen Fahrrinnen waren ja alle bereits lange vor dem Krieg ausgebaggert worden, sofern sie nicht ohnehin bereits tief genug für die Schlachtschiffe und Träger der Atlantikflotte gewesen waren. Obwohl zudem alles gut betonnt war, hing der Bursche mächtig zur Mitte der Fahrrinne hin, und es hatte fast den Eindruck, als taste sich sein Bug an der Reihe der Fahrwassertonnen entlang. Auch wenn er möglicherweise wegen des Regens unser flaches Boot gar nicht sah, so konnte er selbst dann doch nicht …

»Sparks* auf die Brücke!«, befahl ich und gab Bains die Anweisung: »Lassen Sie ihn anrufen und ihm mitteilen, dass er ins falsche Fahrwasser läuft.«

Der Funker erschien prompt, kletterte auf die Bootsflosse, und die Signalnallampe begann zu klappern. Auf dem Tanker tat sich daraufhin absolut nichts. »Können Sie seine Flagge ausmachen?«

Bains warf mir einen Blick zu, der Bände sprach, da wir uns nach wie vor im ureigensten Wasser der US Navy befanden. Hampton Roads, Groton und die flachen Gewässer bis in den Cheasapeake teilten wir uns im Grunde lediglich mit den örtlichen Fischern und etwas Küstenverkehr. Die Annahme, dass wir es nur mit einem Flottentanker der Navy zu tun haben konnten, war daher an sich naheliegend, aber trotzdem bemühte der Lieutenant weisungsgemäß sein Glas.

Als ich ebenfalls mein Bushnell hob, kam prompt ein weiterer Schwall Spritzwasser über, und ich musste erst einmal die Linsen putzen.

Bains pfiff überrascht durch die Zähne. »Das gibt es doch nicht! Das ist ja ein verdammter Limey. Verzeihung, Sir!«

---

* Spitzname für Funker, da es auf den kleinen U-Booten keine Signäler gab, hatte der Sparks auch die Aufgaben eines Signalgasten zu übernehmen.

»Schon gut, Bains. Ich hab schon vermutet, dass der Pott keiner von den unseren ist.« Innerlich amüsierte ich mich darüber, dass der Lieutenant den Briten etwas verächtlich als Limey bezeichnet hatte, wofür wir Deutschen im Krieg den Ausdruck Thommy benutzt hatten. Auf amerikanischer Seite schienen die Sympathien für die ehemaligen Bundesgenossen offenbar gelitten zu haben.*

Diesmal blitzte auf der Brücke des Tankers ein Signalscheinwerfer auf. Sparks bestätigte umgehend, die Antwort gelesen zu haben, während Bains und ich nur noch die Köpfe schütteln konnten. Der Brite fragte doch wirklich an, wo genau er eigentlich sei.

»Und nun, Sir?« Unser Signäler blickte mich mit gelindem Entsetzen an.

»Geben Sie rüber: Zwischen Hampton Roads und Cheasapeake.«

Ein lebhafter Signalverkehr entspann sich.

Dass ein Schiff sich auf See verfranzte, kam öfter vor, als man meinen sollte. Wenn man im Atlantik bei Schlechtwetter unterwegs war, konnte es passieren, dass man von einem Sturm abgetrieben wurde

---

* Etwa zwischen 1945 und 1950 machte der Royal Navy eine Art Supermacht-Syndrom gegenüber den USA zu schaffen. Die Vorstellung, dass »Britannia rule the waves« nicht mehr gelten sollte, hatte sich in den Köpfen vieler britischer Kommandanten und Admiräle noch nicht durchgesetzt, und so neigte die Royal Navy immer noch etwas dazu, andere Marinen vor den Kopf zu stoßen.

oder über viele Tage hinweg keinen Stern zu sehen bekam und damit keinen vernünftigen Schiffsort in der Karte eintragen konnte. Dieser britische Tanker war ungefähr hundertfünfzig Meilen nördlich der angenommenen Position auf die Küste gestoßen.

Ohne sonderliche Begeisterung geleiteten wir unseren englischen »Freund« zurück ins Hauptfahrwasser, der sich dann gegen Mittag fröhlich rauchend auf den Weg nach New York machte. Ende gut, alles gut, nur hatten wir ordentlich Zeit verloren und mussten uns nun sputen, um aus einer ganz anderen Richtung kommend in unser Übungsgebiet zu gelangen.

* * *

Ich griff zum Mikrofon der Bordsprechanlage. »Gentlemen, wir haben mittlerweile den Seeraum für unser Abfangmanöver erreicht. Irgendwo in der Gegend hier treibt sich die *USS Minnow* rum und mimt unter Commander Mertens für uns den bösen Feind.« Heiteres Lachen drang aus der Messe bis zu mir in die Zentrale. »Laut dem offiziellen Übungsplan beginnt die Operation um null-neunhundert, und uns bleiben daher noch ein paar Minuten, um unseren Morgenkaffee in aller Ruhe zu beenden. Doch danach wird's ernst«, kündigte ich mit einem deutlich härteren Tonfall an, »denn wir werden uns auf die Jagd begeben. Ich brauche Ihnen ja wohl nicht groß in Erinnerung zu rufen, dass die *Minnow* ein bewährtes Boot ist, dass Commander Mertens sein Handwerk versteht und über eine hochkarätige Besatzung verfügt, die aus kriegserfahrenen Navy-Leuten und ausgebufften Kollegen von Electric Boat besteht.« Zufrieden registrierte ich das Schweigen, das plötzlich im Boot herrschte. »Wir haben ein nagelneues Boot, ein hochmodernes Radar – und ich will außerdem die *Minnow* kriegen! Ich erwarte deshalb von Ihnen, dass jeder sein Bestes gibt. Danke, Gentlemen.«

Nachdem ich das Mikro abgeschaltet hatte, überließ ich die Zentrale wieder Lieutenant Michaels von Electric Boat, der die Wache hatte, und turnte durch das Schott in Richtung Messe. Der Smut hatte auf der Back eine Art Frühstücksbuffet aufgebaut und vorsorglich Schlingerleisten aufgezogen.

Kaum stand ich neben Bains, dem jungen Lieutenant, fragte der mich: »Was meinen Sie, Sir, wird Commander Mertens tun? Ich würde auf Schnorcheln tippen und darauf, dass er sich in die Nähe der Geleitzugroute legt.«

Geleitzugroute klang zwar bombastisch, war aber de facto nichts anderes als ein Strich auf der Seekarte. Um der ganzen Sache einen möglichst realistischen Rahmen zu geben, befanden wir uns nicht in unserem normalen Testgebiet, sondern ein paar Meilen weiter draußen. Die Geleitzugroute bestand also aus dem zufällig vorbeikommenden Schiffsverkehr auf dem Weg von und nach Neuengland und Kanada. Die Kapitäne hatten natürlich nicht den geringsten

Schimmer, wofür ihre Frachter unfreiwillig herhalten mussten. »Auf alle Fälle wird Mertens versuchen, uns zu überlisten.«

»Wie soll das gehen? Wir haben das bessere Sonar, und die *Minnow* ist verdammt groß für diese Gewässer.«

»Damit haben Sie recht, und genau deshalb wird Commander Mertens darauf setzen, dass sich unser Handeln an dieser Tatsache orientiert.«

Das Gesicht des jungen, eifrigen, aber unerfahrenen Lieutenants wurde eine Spur länger. »Wie meinen Sie das?«

Ich deutete mit dem Zeigefinger auf die Glaskanne mit dem Orangensaft, der munter umherschwappte. »Im Moment haben wir einen Seegang der Stärke sechs, und es regnet zudem. Verstärkt sich der Regen, nimmt auch die Unsichtigkeit an der Oberfläche zu, und wenn es richtig schüttet, kann die sogar unser Radar beeinflussen.«

»Ich verstehe leider noch immer nicht, worauf Sie hinauswollen, Sir!«

Auch den anderen Offizieren, die mittlerweile interessiert zuhörten, war anzumerken, dass es ihnen nicht besser ging. Im Rahmen ihrer Ausbildung hatten sie alle gelernt, dass es für U-Boote am Erfolgversprechendsten war, bei Tage unter Wasser auf Ziele zu lauern. Genüsslich lehnte ich mich zurück. »Mertens wird vermutlich in der Fahrrinne mitlaufen, und zwar aufgetaucht.«

Hätte ich den höchstpersönlichen Besuch Neptuns

bei uns angekündigt, würde ich kaum weniger Erstaunen ausgelöst haben.

»Puh!«, machte Bains. »Über Wasser?«

»Warum auch nicht? Zu Anfang des Krieges haben wir das auch so gemacht, in der Regel zwar bei Nacht, aber wenn sich die Gelegenheit ergab, auch tagsüber bei unsichtigem Wetter.«

»Bloß gab es damals noch kein Radar«, kam prompt als Einwand.

Ich nickte geduldig. »Unser Radar einzusetzen, wenn wir getaucht sind, geht nun mal nicht. Über Wasser hingegen ist wiederum unser Sonar wertlos. Marschieren wir aufgetaucht und Starkregen behindert unser Radar oder wir bekommen wegen der groben See Wellenechos, dann kann Commander Mertens mit dieser Strategie durchkommen, ohne dass wir die *Minnow* entdecken.«

»Und selbst wenn wir das schaffen, wird unsere Situation dadurch keine bessere, denn die haben schließlich auch Radar«, meinte Bains missmutig. »Bei Überwasserfahrt können wir etwas mehr als dreizehn Knoten laufen, die *Minnow* hingegen drei mehr, und auch getaucht ist sie schneller, so dass wir auch nur hinterherkriechen können. Ich kann mir partout nicht vorstellen, wie wir ihn überhaupt kriegen sollen.«

»Hoffen wir, dass es Commander Mertens genauso ergeht.« Ich beugte mich vor und legte zwei der Tafelmesser der Länge nach über die Schlingerleisten. »Die Geleitzugroute.« Zur Erheiterung der Offiziere platzierte ich ein hartgekochtes Ei in eines der Felder. »Die Position der *Minnow*, jedenfalls so ungefähr, und Mertens wird höchstwahrscheinlich der Route nach Norden folgen.« Da mein Freund Willy lange genug mein I WO gewesen war, kannte ich ihn, weiß Gott gut genug, um mich in seine Gedankengänge als U-Boot-Kommandant hineinversetzen zu können, zumal er durch meine ›Schule‹ gegangen war. »Als vorsichtiger Mensch wird er schätzungsweise jede halbe Stunde tauchen und rundhorchen, wobei sein Sonar aber leistungsmäßig nicht an das unsere heranreicht. Die *Minnow* wird er dabei jedes Mal einen vollen Kreis beschreiben lassen, um sicherzugehen, dass wir da nicht irgendwo im Wasser herumkrebsen.« Ein zweites Ei landete mit einem leichten Knacks in der Schale auf der Back. »Und hier werden wir ihn irgendwo abpassen.«

* * *

Im Boot herrschte eine gespannte Stille, während wir in hundert Fuß Tiefe mit gerade einmal zwei Knoten Fahrt durch die See schlichen.

»Erneuter Frachter, Sir!«, bekam ich aus dem Horchraum gemeldet.

Es war zum Mäusemelken, denn so ging das nun schon die ganze Zeit. Aus der Welt der Unterwassergeräusche bekam unser Sonarmann immer wieder nur zivilen Schiffsverkehr herausgefiltert.

Lieutenant Bains sah demonstrativ auf seine Uhr.

»Vier Stunden sind rum, Sir. Commander Mertens scheint die Sache offenbar sehr geruhsam anzugehen.« Das klang unterschwellig nach Zweifeln an meiner Strategie, doch über eine hundertprozentige Sicherheit verfügte ich dabei eingestandenermaßen nicht – wie denn auch. Vielleicht war Willy auf einen ganz anderen Dreh verfallen oder wir trieben uns schlicht nur im falschen Bereich herum; nicht auszuschließen war aber auch, das schlimmste aller denkbaren Szenarien: die *Minnow* pirschte sich bereits in unserem Hecksektor an uns heran, denn nach achteraus waren wir taub wie ein Türnagel, da unser Antrieb selbst bei Schleichfahrt zu viel Eigengeräusche produzierte, als dass wir das Boot in diesem Fall hätten hören können.

»Steuerbord zehn! Gehen Sie auf zwo-neun-null!«, wies ich den Lieutenant an. »Wir tun uns mal auf der anderen Seite der Fahrrinne um.«

»Neuer Kurs wird zwo-neun-null!«, bestätigte Bains und wandte seine Aufmerksamkeit dem tickenden Kompass zu, und die erneut einsetzende Stille in der Zentrale wurde zusätzlich nur noch vom stetigen Tropfen des Kondenswassers unterbrochen. Vier geschlagene Stunden waren wir bereits getaucht, und der Atem der gesamten Besatzung hatte nun mal die Luftfeuchtigkeit in unserer Röhre entsprechend »geschwängert«.

Von unserem Sonarmann erhielt ich ein Handzeichen, und mit ein paar schnellen Schritten stand ich neben ihm. »Erzählen die Fische was Neues?«

»Darüber bin ich mir nicht ganz sicher, Sir!« Der Horcher starrte gebannt auf die Anzeigenskalen vor ihm. »Per Kopfhörer kann ich zwar keine Geräuschquelle identifizieren, da der Frachter momentan zu lautstark ist und alles andere übertönt.«

»Aber?«

Er tippte mit dem Zeigefinger auf eine bestimmte Stelle seines Oszilloskopschirms. »Ich bekomme hier eine Frequenz oberhalb von zwanzig Kilohertz angezeigt, die damit aber akustisch außerhalb des menschlichen Hörbereichs liegt.«

Etwas ratlos starrte ich auf den kleinen Schirm, auf dem eine ganze Sammlung Zacken zweidimensional abgebildet war, die ich nicht zu deuten vermochte. Derjenige, auf den der Sonarmann gedeutet hatte, sah für mich nicht wesentlich anders aus als die restlichen, auch wenn mir das Prinzip zumindest theoretisch in Ansätzen klar war. Die horizontale Achse bildete die Frequenzhöhe, die vertikale die Geräuschstärke ab.

»Die ungefähre Richtung stimmt einigermaßen, Sir!«, meinte der Spezialist und stellte an ein paar Knöpfen herum, woraufhin das Bild sich veränderte. Die größte Gruppe der Zacken rutschte zu einer Art Gebirge zusammen und es blieb ein kleiner separierter Rest, den ich erläutert bekam: »Wie wir jetzt erkennen können, kommen die Geräusche fast aus der gleichen Richtung, gehen jedoch auf zwei Quellen zurück.«

»Der Frachter und die *Minnow*?«

»Schon möglich, Sir, aber nicht mit Bestimmtheit zu sagen; ich würde meinen, wir haben es mit einem nicht allzu großen Dieselaggregat zu tun, das der Frachter übertönt.«

Ich richtete mich auf und sah die gespannten Gesichter. »Dann wollen wir der Sache mal auf den Zahn fühlen. Mister Bains, bringen Sie uns in einem weiten Bogen nach Backbord, schön langsam und leise, wenn ich bitten darf.« An den Steuermann erging die Frage: »Pilot, was haben wir an Wassertiefe?«

»Im Moment dreihundert bis vierhundert Fuß rundum, nach Westen hin flacher werdend, Sir!«

In mir kam die Versuchung auf, höher zu gehen und das Sehrohr wenigstens für einen kurzen Rundumblick auszufahren, da der angesprochene kleinere Diesel statt zu einem U-Boot genauso gut zu einem Fischtrawler gehören konnte. Die *Minnow* hatte sogenannte Pancake-Diesel*, die platzsparender als normale Motoren waren und damit innerhalb des Bootskörpers mehr Raum für die Unterbringung von Sonar und größeren Batterien ermöglichten. Ein Fortschritt, der damit bezahlt worden war, dass die Dinger ziemlich reparaturanfällig und schwer zu warten waren.

Unser Boot kam nur langsam herum, genau wie ich es befohlen hatte. »XO, Frage Kurs?«

---

* Die offizielle Bezeichnung GUPPY-Diesel wurde im Sprachgebrauch kaum verwendet. Die Pancake-Konstruktion, bei der die Zylinder wie bei einem Flugzeug-Sternmotor um die Welle herum angeordnet waren, erwies sich in der Praxis als nur bedingt zuverlässig und äußerst wartungsintensiv.

»Zwo-drei-null geht durch.«

»Sehr gut, Mister Bains. Bringen Sie uns runter auf zweihundertfünfzig Fuß!« Ich bekam mit, wie der Lieutenant und der Sonarbeobachter etwas erschrocken beinahe gleichzeitig scharf die Luft einzogen. »Ich weiß, ich weiß, wir kommen unter Kaltwasserschichten, und es wird folglich schwieriger, ein U-Boot nahe der Oberfläche zu verfolgen. Umgekehrt gilt natürlich das Gleiche, wobei wir allerdings den Vorteil haben, über das überlegenere Sonar zu verfügen.«

»Zweihundertfünfzig Fuß, Sir!«, bestätigte Bains pflichtschuldigst, klang aber dabei so, als sei er damit nicht einverstanden.

Doch mir war das schnurzpiepegal. Die Erfahrung hatte mich gelehrt, dass es manchmal besser war, Pläne Pläne sein zu lassen und zu improvisieren. »Sonar, können Sie den Kontakt mitkoppeln?«

»Schon in Arbeit, Sir, werden aber vornehmlich Schätzwerte sein.«

Das war natürlich okay, da er keine Entfernungen hatte, die er messen konnte. Theoretisch konnte unser Abstand zu dem Kontakt fünf oder aber auch fünfzehn Meilen betragen. Dadurch jedoch, dass wir einen Bogen zogen, wanderten die Winkel aus, und mit der Geschwindigkeit, in der sie das taten, konnte man so ungefähr ausknobeln, wo er steckte und wie schnell er unterwegs war. »Dann lassen Sie mal hören.«

»Er dürfte etwas Backbord von dem Frachter sein, achteraus.«

»Hält er seine Position zu dem Frachter?«

»Scheint so, mehr oder weniger. Ich habe die Umdrehungen des Frachters ausgezählt und komme auf etwa sechs Knoten, die er läuft.«

Ein ungutes Gefühl meldete sich in mir. »Klingt Kontakt zwei wenigstens nach einem Pancake-Diesel?«

»Bei dem Höllenlärm, den der Frachtkolcher macht, vermag ich das nicht zu sagen, Sir, zumal ich die Geräuschteppiche von Pancakes kaum kenne.«

Diese Aussage war nicht weiter verwunderlich, da es bisher mit der *Odax*, *Pomodon* und *Minnow*, lediglich drei Boote gab, die mit diesen neuen Aggregaten versehen waren, von denen eines sich zudem an der Westküste in der Erprobung befand. Doch wie auch immer – eine Entscheidung musste her. Und wenn wir es mit einem U-Boot zu tun hatten, das im Schutze der Deckung fuhr, die der Frachter bot, dann kam dafür nur die *Minnow* unter Willy Mertens in Frage.

»Bringen Sie uns hinter ihn, XO. Erst dann gehen wir langsam hoch, direkt in seinem Hecksektor. Sonar, Sie haben das mitbekommen? Der XO wird Ihre Unterstützung brauchen.«

In die erstarrten Gestalten in der Zentrale kam Leben. Befehle wurden geraunt, und das Boot legte sich leicht nach Backbord, als Bains den Kurs korrigierte. Dann setzte auch schon die leichte Nickbewegung ein, als der Lieutenant das Boot durchpendeln ließ. Die zuvor schon befohlenen zweihundertfünfzig Fuß waren erreicht. Dicht über dem Grund schlichen wir uns näher an unseren ahnungslosen Gegner heran. Ich wandte mich an einen der Läufer. »Alle Mann auf Gefechtsstation, aber leise!«

»Rohr Eins hat einen Übungstorpedo geladen?«, vergewisserte ich mich bei dem Waffenoffizier.

»Jawoll, Sir!« Seine Augen funkelten. »Rohr Eins fluten?«

»Fluten, aber noch nicht öffnen. Füttern Sie den Aal entsprechend der Werte vom Sonar.« Mit seinem Urteil, dass das Barracuda konstruktionsbedingt alles andere als ein gelungener Wurf war, hatte Mertens zweifellos recht, wobei allerdings das neue Hochleistungssonar immerhin so manches wettmachte.

Es verging eine Dreiviertelstunde, bis das andere Boot uns an Backbord in einem Abstand von sechs Kabeln* passierte, allerdings beinahe zweihundert Fuß höher als wir und mit sieben Knoten unterwegs, was die Sache für uns eng machte, denn wir konnten getaucht selbst nur achteinhalb laufen.

Noch immer wurde ich aus den Manövern nicht schlau. Laut Übungsplan sollte Willy eigentlich auf der »Geleitzugroute« Angriffe auf die Handelsschiffe simulieren und wir ihn davon abhalten. Was derzeit jedoch ablief, erweckte eher den Eindruck, als wolle die *Minnow* sich in der Geräuschwolke des Frachters verstecken, als habe der Commander die Befehle über Bord geworfen und lauere nur noch auf uns. Ei-

---

* 1 Kabel = 1/10 Seemeile = 185,3 m

nerseits resultierte daraus ein seltsames Gefühl, aber andererseits war es auch das erste Mal, dass Willy und ich gegeneinander mit U-Booten antraten, doch ungeachtet unserer Freundschaft wollte jeder von uns beiden gewinnen.

»Peilung wandert achteraus. Rot, eins-null-null!«

Es wurde Zeit zu reagieren, oder wir würden ihn verlieren. »Hart Backbord!« Generell sollte man zwar Hartruder tunlichst vermeiden, weil immer die Gefahr bestand, dass die Strömung an Rudern oder Schrauben abriss und deutlich vernehmbare Geräusche verursachte. Aber da wir uns bereits in den »tauben« Hecksektor des anderen Bootes schoben, war es vertretbar, dieses Risiko einzugehen.

Willy hatte dieses Manöver mit den Worten beschrieben, das Barracuda bisse sich dabei in den Schwanz. Ganz so drastisch fiel die Reaktion des Bootes nicht aus, da wir immer noch Schleichfahrt liefen, aber dennoch überraschend genug, indem sich die ganze Röhre urplötzlich etwa fünfundvierzig Grad auf die Seite legte. Trotz der befohlenen Ruhe an Bord erklangen vereinzelte Schreckenslaute, während ich blitzschnell Halt am Sehrohrschacht suchte und den Kompass und dessen wandernde Zahlen nicht aus den Augen ließ. »Langsam aufkommen!«, befahl ich. Der Bootskörper richtete sich nur zögernd wieder auf, und die Zahlen zeigten nicht die geringste Neigung, langsamer durch das Sichtfenster des Kompasses zu laufen. »Stützruder! Steuerbord fünfzehn! Sonar, Peilung!«

»Gegner peilt in Grün, null-null-fünf!«

Das war beinahe direkt voraus von uns. »Hart Steuerbord! AK!«

Die vereinte Kraft von Schrauben und Rudern drückte das Boot endlich wieder aus der Drehung. »Aufkommen!« Ich hielt den Atem an, als die Skala der Kompasstochter zur Ruhe kam, ohne damit anzufangen, wie unterschwellig von mir befürchtet, andersherum zu wandern. »Frage Waffenoffizier, Ziel erfasst?«

»Jawohl, Sir.«

Ich verspürte schon eine gewisse Erleichterung darüber, dass das andere Boot unser Gewaltmanöver in dessen Hecksektor, wie erhofft, doch nicht mitbekommen hatte. »XO, bringen Sie uns langsam hinter ihm hoch, und passen Sie die Geschwindigkeit an!«

Dem Knacken der Schalter der Fruchtmaschine* entnahm ich, dass die letzten Einstellungen vorgenommen wurden.

»Siebzig Fuß, Sir?«

»Passt!« Die *Minnow* hatte vierundsechzig Fuß Sehrohr- beziehungsweise Schnorcheltiefe. Ich grinste wie ein Maikäfer, denn was immer auch noch folgen mochte, wir hatten Mertens mit herunterge-

---

* Fruit machine: Spitzname des Torpedoleitrechners auf amerikanischen U-Booten; auf den Barracudas ein Nachbau des deutschen Torpedoleitrechners aus dem Krieg, erweitert um die Möglichkeit einer aktiven Tiefensteuerung der Torpedos.

lassen Hosen erwischt! Selbst wenn er jetzt noch mit der Fahrt hochging, würde er im Ernstfall einem echten akustischen Torpedo nicht mehr entkommen können. Wir würden zwar nur einen Übungstorpedo abschießen, der etwa dreißig Fuß unter dem Ziel durchlief und statt einer Sprengladung nur eine Betonfüllung und eine laute Klingel in seinem Gefechtskopf trug, aber der demonstrative Nachweis, dass ein Barracuda in den richtigen Händen durchaus eine Angriffs-Abwehrwaffe sein konnte, wäre damit erbracht.

Komprimierte Luft schoss aus ein paar Ventilen, als Bains den Trimm korrigierte. Das Boot nickte kurz. Die Vorstellung, einen Torpedo zu feuern, ohne das Ziel selbst gesehen zu haben, war für mich noch gewöhnungsbedürftig, aber so hatte sich eben die Unterwasserkriegsführung verändert. Ein letztes Mal wandte ich mich an den Sonarbeobachter. »Frage Peilung?«

»Rot, null-eins-null!«

»Rohr Eins, los!«

Der Waffenoffizier, der die Hand schon auf den Auslöseknopf gelegt hatte, drückte drauf, und nur mit einer winzigen Zeitverzögerung ruckte das Boot unter unseren Füßen. Wasser schoss in Trimmzellen, um das Gewicht des Aals auszugleichen.

»Torpedo läuft!«

Dessen schrilles Klingeln, ekelhaft anzuhören wie das Läuten eines Nachttischweckers neben dem Bett zu früher Morgenstunde, würde nun auch dem

Horchgerät der *Minnow* nicht verborgen bleiben, und dem Sonarmann kam die traurige Aufgabe zu, Willy davon zu unterrichten, dass er verloren hatte.

»Er nimmt Fahrt auf und geht hoch, Sir!«, wurde vom Sonar gemeldet.

Dass er hoch ging, war einleuchtend, nicht aber, dass er jetzt noch an Fahrt zulegte.«

»Sehrohrtiefe, Mister Bains!«

Da Boot richtete sich kaum auf, da wir ja schon dicht unter der Oberfläche waren. Zischend fuhr das Periskop aus, und ich presste mein Gesicht gegen die Gummimanschette. Im ersten Augenblick sah ich erst einmal nichts, da eine große Welle den Sehrohrkopf überlief und grünliche Wasserwirbel mein Sichtfeld umgaben. Dann brach der Spargel höher durch, und durch die Schleier aus Regen und Gischt vermochte ich einen dunklen Schatten zu erkennen, der wie ein mit einer Fontäne auftauchender Wal aus der See brach. Ich registrierte einen etwas rundlichen U-Boot-Rumpf mit einem überdimensionierten Turmaufbau, in dessen hinteren Teil Rohre aus der Turmwanne ragten. Ein Buggeschütz war nicht zu entdecken. Am Heck des Bootes schäumte es weiß auf, als die Diesel das Boot in Fahrt brachten. Ich war wie vom Donner gerührt, denn das war nie und nimmer die *Minnow*! Vergeblich hielt ich nach einer Rumpfnummer oder dergleichen Ausschau.

»Er läuft ab!«

Über Wasser vermochte das Barracuda etwa dreizehn Knoten zu laufen, dieser Bursche jedoch eindeutig mehr, und wenn er etwas Abstand zwischen sich und uns gelegt hatte, konnte er wegtauchen und uns dann erst recht abhängen. Immer noch verblüfft, blickte ich der vertrauten Silhouette eines XXI-Bootes nach, die leicht auf See hinausdrehte. Gleich darauf verhüllten Regenschleier bereits wieder die Sicht. »Lassen Sie ihn laufen«, quetschte ich noch immer fassungslos hervor. »Das ist nicht Mertens!«

»Nicht ...?« Bains klang, als könne er dies nicht glauben. »Aber es kann doch nur die *Minnow* sein, da andere Boote hier nicht operieren, Sir.«

Mir wurde schlagartig bewusst, dass ich als Einziger das andere Boot gesehen hatte, und eine bleierne Müdigkeit bemächtigte sich meiner, während ich die Griffe des Sehrohrs hochklappte. »Tauchen Sie auf, Lieutenant, und lassen Sie die Seewache aufziehen!« Nachdenklich musterte ich den jungen Offizier. »Glauben Sie mir, Bains, ich kenne die *Minnow*, und das war nicht Mertens.«

* * *

»Also raus mit der Sprache! Was zur Hölle hat sich da draußen wirklich abgespielt?« Mein oberster Boss war so sauer, wie ich ihn noch nie erlebt hatte.

Ich versuchte mir den Anschein von Gleichmut zu geben. »Wir erfassten ein U-Boot um dreizehnhundert entlang der Geleitzugroute, das auf Sehrohrtiefe unter Schnorchel lief, Sir.« Das Geschehen lief in meinem Kopf noch einmal wie ein Film ab. »Ich drehte daher mit dem Barracuda nach Westen, um in den Hecksektor des anderen U-Bootes zu schleichen, von dem ich annahm, es handle sich um die *Minnow*.«

»Und zu diesem Zeitpunkt waren Sie bereits sicher, dass Sie es mit einem U-Boot zu tun hatten und Ihr Sonar nicht etwa einen Fischer erfasst hatte?«, fragte Commander Hurtzig. »Aus Ihrem schriftlichen Bericht zumindest geht nicht hervor, dass Sie Ihr Periskop ausgefahren haben, Commander Thomsen.«

»Das habe ich ganz bewusst auch nicht getan, da ich fest davon ausging, dass wir es mit der *Minnow* zu tun hatten, die über einen ausfahrbaren Radarmasten verfügt. Das Letzte, was ich wollte, war Commander Mertens auf seinem Radarschirm zu zeigen, wo ich steckte.«

»Und wo waren Sie um dreizehnhundert, Commander Mertens?«, wollte CIA-Mann Smith wissen.

»Es war von vornherein klar, dass Commander Thomsen irgendwo auf mich lauern würde. Von meinem Barracuda-Test her wusste ich, dass er zu langsam sein würde, um von achtern aufzukommen. Kurz zuvor hatten wir mit der *Minnow* einen Übungsangriff auf den Frachter abgeschlossen. Anschließend haben wir das Boot mit Schnorchel durchgelüftet und sind danach wieder im Keller verschwunden. Um dreizehnhundert sind wir mit sieben Knoten Marschfahrt auf dreihundert Fuß Tiefe nach Norden gelaufen.«

»Wenn ich Sie richtig verstehe, dann kann die *Min-*

now also nicht das Boot gewesen sein, das Commander Thomsens Barracuda im Sonar hatte?«

Willy sandte mir einen kurzen Blick zu, als wolle er um Entschuldigung bitten. »Definitiv nein, Sir.«

Für einen Augenblick herrschte Schweigen, und mir zog es den Magen zusammen. Richardson, der in seinen Papieren geblättert hatte, blickte auf. »In dem Bericht, den Ihr Sonarmann abgeliefert hat, finde ich unter anderem dessen Aussage interessant, Sie hätten ihn gefragt, ob der erfasste Diesel ein Pancake-Diesel sein könnte, und er habe dies nicht zu beantworten vermocht.« Richardson machte eine kleine Pause, bevor er mit schneidender Stimme fortfuhr: »Muss dieser Sachverhalt nicht so gedeutet werden, dass auch Sie unsicher waren, ob Sie tatsächlich die *Minnow* und nicht ein anderes Fahrzeug entdeckt hatten?«

»Andere Möglichkeiten kann man nie ganz ausschließen. Warum ich nicht einfach mein Sehrohr ausfahren konnte, habe ich ja bereits dargelegt. Unser Mann am Sonar hatte keine Zweifel, ein U-Boot erfasst zu haben. Um die Gewissheit bezüglich der *Minnow* zu verstärken, richtete ich an ihn die Frage, ob der Motorenklang dem eines Pancake-Diesels entspräche. Da es ihm jedoch an Erfahrung mit den neuen GUPPY-Aggregaten fehlte, musste er bei der Antwort passen.«

»Die ganze Geschichte mutet etwas seltsam an und gibt mir nach wie vor Rätsel auf«, erklärte Smith. »Commander Mertens *Minnow* hatte keinen Sonarkontakt zu einem sonstigen U-Boot, die Schilderung des Sachverhaltes durch Ihren eigenen Sonarbeobachter lässt Raum für Zweifel offen, und außer Ihnen, Commander Thomsen, hat schließlich niemand dieses mysteriöse U-Boot gesehen.«

»Und als wir endlich aufgetaucht waren und das Radar auf Betriebstemperatur warmgelaufen war, bekamen wir nur noch einen undeutlichen Fleck auf dem Schirm mit, weil unser Gerät durch das Wetter behindert war. Und deshalb vermuten Sie jetzt alle miteinander, dass ich einen Übungstorpedo auf ein Gespenst losgemacht habe! Ist doch so, oder?«

Richardson, dem meine Empörung nicht entgangen war, versuchte einzulenken. »Die Sache zutreffend in ihren Details einzuschätzen ist für uns nicht ganz einfach, Arne. Ihre Kompetenz als Experte für die Beurteilung von U-Booten unter Einsatz- und Extrembedingungen steht völlig außerhalb jedweder Diskussion, und für Electric Boat steht nun mal die Tauglichkeit des Barracuda-Konzeptes im Vordergrund. Die Prioritäten von Commander Hurtzig und Mister Smith hingegen zielen darauf ab …« Er führte den Satz nicht zu Ende, doch das war auch gar nicht nötig.

Mertens vermochte sich nun nicht länger zurückzuhalten. »Gentlemen«, platzte er los, »wenn Commander Thomsen erklärt, da war ein U-Boot, dann war da eines. Daran ändert auch die Tatsache nichts, dass wir auf der *Minnow* keines im Sonar hatten. Von der Überzeugung lasse ich mich nicht abbringen, selbst wenn mir die halbe US Navy das Gegenteil versichern würde.«

»Lass gut sein, Willy!«, sagte ich begütigend.

»Nein, nein, sprechen Sie ruhig weiter, Commander Mertens«, forderte Smith ihn auf. »*Warum* würden Sie eher einer Äußerung von Commander Thomsen vertrauen als den Anzeigen Ihrer eigenen technischen Ortungsgeräte? Denn genau darum geht es hier!«

Willy ließ sich Zeit, bevor er bedächtig sagte: »Um das zu begründen, müsste ich allerdings etwas weiter ausholen.«

»Dann tun Sie das getrost.«

»Ich war noch ein relativ junger Spund, als ich im November 1944 meinen Lehrgang zum WO erfolgreich abschloss. Aber schon damals, als ich noch gar nicht ahnte, dass ich nur wenig später unter Arne Thomsen Dienst tun würde, war er mir ein Begriff. Etliche unserer Ausbilder, wie etwa der Bootsmann, der den Kurs über Horchgeräte und deren Einsatz abhielt, war mit Thomsen gefahren. Und in den üblichen Geschichten, die abends beim Bier in der ULD erzählt wurden, war auch der Name Thomsen immer präsent. Der von Heinrich Bleichrodt, unserem Kommandeur, gehörte selbstverständlich ebenfalls mit dazu, obwohl der seit 1943 selbst schon nicht mehr draußen auf Feindfahrt gewesen war. Nur zwei von unseren U-Boot-Assen waren noch unterwegs, Thomsen und Schnee.« Mertens lächelte wehmütig. »Wir waren jung, wir waren motiviert, aber selbst wir wussten, dass kaum ein U-Boot mehr als eine

Unternehmung überlebte. Aber die beiden kamen immer zurück, und keiner konnte behaupten, dass sie nicht gekämpft hätten.«

»Also eine Art Heldenverehrung?«

Ich sah mich unauffällig nach einem Platz um, an dem ich im Boden versinken konnte, aber da wir uns im zweiten Stock des Verwaltungsbaus befanden, standen meine Chancen dafür schlecht.

»Heldenverehrung ist der falsche Ausdruck«, sagte Willy im Brustton der Überzeugung. »Vorbildfunktion wäre da schon eine Spur treffender, denn im U-Boot-Krieg ging es für uns zuletzt nur um eines: Ums pure Überleben! Und die dramatische Geschichte von *U 2532* mit dem wir in amerikanische Gefangenschaft gerieten, brauche ich Ihnen ja wohl nicht eigens zu erzählen.«

Der CIA-Mann strahlte wie ein gütiger Onkel. »Klar doch, beim dem Höllentrip nach Hanko und wieder raus aus dem finnischen Hafen, war ich als Passagier auf unserem amerikanischen ›Begleit-U-Boot‹ schließlich mit von der Partie.* Und imponiert hat mir, wie Thomsen alle, uns eingeschlossen, immer wieder ausgetrickst hat. Es hatte den Anschein, als wisse er permanent, wer wer und wo war.« Smiths joviale Miene verdüsterte sich. »Und deshalb nimmt es mich wunder, dass dies bei dem aktuellen Fall nicht so gewesen sein soll.«

Ich hielt es für angebracht, mich nun einzuschal-

---

* Siehe Erik Maasch: U 2532: Bis zum bitteren Ende

ten. »Sie sollten nicht vergessen, Agent, dass ich das fremde U-Boot der deutschen Klasse XXI zugeordnet habe.«

Smith hob demonstrativ die Arme. »Nach unserem Kenntnisstand haben die Russen einige der Boote dieses Typs, die ihnen bei Kriegsende in die Hände gefallen waren, komplett demontiert, um deren technische Details in sämtlichen Einzelheiten inspizieren zu können. Andere wiederum sind bei Tests verlorengegangen. Wenn Sie also mehr oder weniger unverblümt behaupten, dass hier irgendwo ein Russki mit einem alten deutschen Boot herumschleicht, so widerspricht das allen uns vorliegenden Erkenntnissen. Außerdem gibt es auch ein paar andere Nationen, die gerne mal einen neugierigen Blick auf das werfen würden, was wir hier in Groton so treiben, angefangen von den Engländern, Franzosen, bis hin sogar zu den Spaniern. In einem Punkte aber haben Sie recht, Commander: Auf einer Liste der Verdächtigen wären die Russen die Nummer eins.«

»Was mich ein bisschen stutzig macht«, sagte Navy Commander Hurtzig, »ist die Tatsache, dass dies bereits der zweite Fall ist, dem ein unbekannter Kontakt zugrunde liegt, den aber niemand außer Ihnen hatte. Beim ersten Mal kann es sich dabei vielleicht auch um ein Wellenecho gehandelt haben. Und nun beim zweiten Mal könnte ja eventuell das Gerät Ihnen im Anzeigenbereich einen Streich gespielt haben; das Niederfrequenzsonar ist funkelnagelneu und immer noch alles andere als ausgereift.«

»Nur gibt es dieses Mal den kleinen, aber feinen Unterschied, dass ich den Burschen mit eigenen Augen gesehen habe, zwar nur kurz, aber immerhin. Und die Ähnlichkeit dieses Bootes mit dem deutschen Typ XXI war frappant.« Ich spürte Blicke, die wie Dolche auf mich gerichtet waren. »Gentlemen, ich kann Ihnen wirklich nur empfehlen, sich an den Gedanken zu gewöhnen, dass in unserem Revier ein Wilderer sein Unwesen treibt.«

Mir war klar, dass für die Navy die Vorstellung ein Horror sein musste, einem russischen U-Boot sei es möglich, so dicht vor der US-Küste zu operieren, ohne entdeckt zu werden. Und Smith von der CIA würde die einzelnen Vorfälle vernetzt betrachten, angefangen von dem vervielfältigten Geheimdossier zur *Nautilus* bis hin zu diesem Spionage-U-Boot, das sich für unsere Tests interessierte. Der erste Kontakt war in unserem normalen Übungsgebiet zu verzeichnen gewesen, die Abfang-Manöverübung Barracuda gegen *Minnow* hingegen hatte nicht in dem üblichen Seeraum stattgefunden. Dennoch hatte sich der Russe – und ich war mir sicher, er war einer – ebenfalls dort aufgehalten. Das wiederum konnte nur eines bedeuten: Er musste von der Sache informiert gewesen sein!

Richardson lenkte nun die Aufmerksamkeit auf sich, indem er leise, aber vernehmlich mit dem gekrümmten Zeigefinger seiner Linken auf die Schreibtischplatte klopfte. »Commander Thomsen, ich möchte Sie nun bitten, in kurzen Worten eine Beurteilung über die einsatzmäßige Eignung des Barracuda-Typs abzugeben.«

»Das Boot ist über und unter Wasser relativ lahm, getaucht ist die Ausdauerleistung der Batterien meines Erachtens zu gering, aber als Küsten-U-Boot in defensiver Aufstellung im Rahmen der von der Navy geforderten Aufgabenstellung tauglich.«

Commander Hurtzig verzog das Gesicht, als habe er plötzlich Zahnschmerzen bekommen. »Da wird sich BuShips aber freuen«, sagte er sarkastisch.

»Immerhin, ich habe mit dem Barracuda ein U-Boot aufgespürt und übungsmäßig versenkt.«

Hurtzig sah mich mit schiefgeneigtem Kopf von der Seite her scheel an. »Überzeugender wäre es gewesen, wenn Sie Commander Mertens erwischt hätten.«

* * *

Ich arbeitete die standardisierten Listen mit den Antwortspalten als Anlage zu meinem Barracuda-Bericht ab. Maschinenanlage schwach und noch zu laut; Batteriekapazität erhöhungsbedürftig, Seeausdauer nicht ausreichend, Verhalten bei unterschiedlichem Seegang … den Punkt ließ ich vorerst offen, denn ohne weitere Erprobungen konnte ich den kaum beantworten, aber an der Oberfläche bei Seegang sechs hatte sich das Boot eigentlich einigermaßen gutmütig verhalten.

Und in dem Stil ging es weiter, da wir schließlich

bei dem Barracuda mehr als die üblichen Übergabetests nach der Werftüberholung eines bereits zuvor in der Praxis bewährten Bootstyps fahren mussten. Das Barracuda war eine Neuentwicklung, mit neuen Technologien versehen. Das hieß testen, testen, testen – alles und jeden –, eventuelle Veränderungen vornehmen, und dann ging das Ganze wieder von vorne los.

Mertens hatte es da leichter und brauchte in dieser Hinsicht kein ganz so aufwendiges Programm abzuspulen, denn die *Minnow* war als GUPPY ein Umbau der Balao-Klasse mit einer moderneren Konfiguration. Seine Mängelliste, die ohnehin nur Bagatellbeanstandungen beinhaltete, war schnell abgehakt gewesen, und er hatte dies zum Anlass genommen, sich schon vor einer Stunde aus unserem Gemeinschaftsbüro zu verabschieden, um sich noch ein Feierabendbierchen zu genehmigen.

Erleichtert heftete ich die Blätter zusammen, als ich endlich fertig war, denn die Tipperei auf der Schreibmaschine im Zweifingersystem – kreisen, suchen, zustoßen wie ein Adler – dauerte bei mir ewig. Doch das ging nicht anders, denn was ich da zu Papier brachte, war so geheim, dass die einzelnen Seiten sich nicht sehen durften. Während sich mein müdes Hirn mit der spannenden Frage beschäftigte, ob ich mich nicht doch noch zu Willy für einen Absacker gesellen sollte, bevor ich heimging, öffneten meine Finger den Tresor.

Als ich die schwere gepanzerte Tür aufzog, merkte ich sofort, dass irgendetwas nicht stimmte. Mein penibler Ordnungssinn, über den mein Freund Willy gelegentlich spöttelte, er sei nur das Resultat meiner Faulheit, etwas zu suchen, registrierte automatisch eine winzige Veränderung. Die alphabetisch sortierten Ordner standen, wie es sich gehörte, an ihren angestammten Plätzen im Hintergrund, und quer davor lagen, ebenfalls nach Buchstaben sortiert, die Berichtsmappen mit den noch nicht abgeschlossenen Vorgängen. Mein Ablagesystem basierte dabei jedoch nicht auf den Bootstypen, sondern den jeweiligen Bootsnamen. Die *Minnow* hatte ich daher trotz der Beschriftung Balao/GUPPY nicht unter B, sondern unter M eingeordnet. Ich musste erst einmal tief Luft holen. Die *Minnow* lag nicht mehr bei M, sie war bei B einsortiert worden!

Die Telefonnummer, die ich anwählte, kannte ich auswendig, aber ich musste es eine ganze Weile tuten lassen, bis Richardson abnahm und sich meldete.

»Thomsen, Boss, wissen Sie, ob Smith noch im Haus ist?«

»Der ist gerade eben weg. Wo brennt's denn, Arne?«

»Jemand war an meinem Tresor. Ich rufe sofort die Wachleute am Tor an, damit sie ihn aufhalten und zurückschicken.«

Wenige Minuten später kam Smith wie ein wütender Stier in mein Büro gestürmt. »Was gibt es denn so

Dringendes? Sagen Sie bloß nicht eine neue Schweinerei!«

»Jemand war an meinem Panzerschrank!«

»Und wie kommen Sie darauf?«

»Irgendwer hat meine Ablage geringfügig durcheinandergebracht. Ihr Zustand ist nicht mehr derselbe wie vor ein paar Tagen, als ich den Tresor verschloss, bevor ich in See ging.«

»Kann es denn nicht sein, dass Sie einen Vorgang einfach nur aus Versehen anderswo hingepackt haben?«

Ich schüttelte den Kopf. »Nein, denn dann wäre er allenfalls auf einem der Stapel obendrauf gelandet, nicht aber im Rahmen meiner eigenen Systematik falsch eingruppiert worden. Unsere Balao/GUPPY-Projektunterlagen laufen bei mir nämlich unter M für *Minnow* und O für *Odax*, befinden sich aber jetzt beide unter dem Buchstaben B.«

»Tja, wenn das so ist«, sagte Smith und zwirbelte gedankenverloren an seinem linken Ohrläppchen herum. »Spuren, dass Ihr Tresor gewaltsam geöffnet wurde, gibt es auch diesmal nicht. Nachdem es in diesem Büro zwei Panzerschränke gibt, stellt sich die spannende Frage, ob der von Mertens nicht ebenfalls ›Besuch‹ hatte, während Sie beide gleichzeitig in See waren. Ich nehme an, Sie wissen, wo der Commander wohnt?«

»Schon, aber der dürfte nicht daheim sein, da er noch ins ›Oscar Wilde‹ wollte, um in der Bar ein Bier zu zischen.«

»Auch gut«, meinte der CIA-Mann. »Dann verrammeln Sie jetzt mal brav Ihren Safe wieder, und ich komme mit Ihnen auf einen Drink dorthin mit.«

»Wie bitte?«, fragte ich total verblüfft. »Wollen Sie denn nicht das FBI informieren?«

»Das reicht auch noch morgen«, meinte Smith mit einem herablassenden Lächeln, das verriet, dass er von Hoovers Leuten keine allzu hohe Meinung hatte. Fast schon kameradschaftlich schlug er mir auf die Schulter. »Kommen Sie, ich hab jetzt wirklich Durst.«

* * *

Als wir im »Oscar Wilde« zielsicher den Tisch ansteuerten, an dem Mertens saß, erhob sich die Blondine an seiner Seite betont beiläufig und stöckelte hinüber an den Tresen.

Ihr anerkennend hinterhersehend, nahm ich auf einem der Stühle Platz. »Deine neueste Eroberung, Willy?«

»Die Konkurrenz schläft nicht, und man muss eben sehen, wo man bleibt«, erklärte mein Freund mit einem Augenzwinkern. »Sie ist bei uns im Konstruktionsbereich als technische Zeichnerin beschäftigt.«

Smith schien er erst jetzt wahrzunehmen. »Und was führt Sie hierher, Agent?«

»Ach«, meinte dieser leichthin, »Arne hat mir erzählt, dass dies hier ein gemütlicher Schuppen sei, in dem es ein gutes Bier gäbe.«

Die etwas putzig klingende amerikanische Aussprache meines Vornamens – »Arnie« – amüsierte mich nach wie vor, doch im Moment ging es um ernstere Dinge. »Willy, bei mir ist erneut jemand heimlich an meinem Tresor gewesen, und es könnte sein, dass dies auch bei dir der Fall war, während wir beide in See waren.«

»Verdammte Sauerei!«, entfuhr es Mertens voller Empörung. »Ich nehme an, ihr wollt, dass ich sofort mit euch ins Büro mitkomme, um nachzusehen. Klar mach ich das, keine Frage, ist doch selbstverständlich. Ich will nur meiner Flamme schnell noch Bescheid geben, dass ich mal eben weg muss, aber auf alle Fälle noch mal wiederkomme.« Er grinste. »Nicht, dass sie ohne mich von hier verduftet.«

»So viel Zeit muss sein.« Smith' Stimme war vom Tonfall her völlig neutral, aber ich hatte dennoch den Eindruck, dass er sich zumindest innerlich über unseren besorgten Schürzenjäger amüsierte.

Willy schnappte sich sein Jackett und schlenderte hinüber zu der Lady, die entspannt dastand und mit einem Fuß zum Rhythmus der dezenten Hintergrundmusik wippte. Der lange Lulatsch beugte sich herunter zu ihrem Kopf und tuschelte ihr irgendetwas ins Ohr. Anschließend drückte er ihr einen flüchtigen Kuss auf die Wange und kehrte zu uns zurück. »Von mir aus können wir!«

Eine halbe Stunde später waren wir genauso schlau wie zuvor. Willy hatte zwar keinerlei Anzeichen dafür entdecken können, dass möglicherweise jemand in seinem Tresor herumgeschnüffelt hatte, nur war das kein Beweis dafür, dass wirklich niemand dran gewesen war.

* * *

In den nachfolgenden Tagen ging bei Electric Boat alles seinen gewohnten Gang, *Business as usual*. Das Thema Barracuda war weitgehend »gegessen«, BuShips würde das Projekt weiterverfolgen, und die entsprechenden Gelder an uns fließen lassen. Die Werft hatte gebaut, was vom Auftraggeber bestellt worden war. Dass wir selbst mit dem fertigen Prototyp nicht wirklich glücklich waren, stand auf einem ganz anderen Blatt.

Als ich Richardson in einer stillen Minute dazu unter vier Augen befragte, lachte der nur. »Hey Mann, das ist Amerika!« Mit dieser kryptischen Antwort vermochte ich zwar herzlich wenig bis gar nichts anzufangen, doch was sollte es? Das Boot war tauglich für einen ziemlich limitierten Einsatzzweck, aber für mehr eben auch nicht.

Nicht weiter verwunderlich war hingegen für mich, dass die von der Navy veranstaltete Suche nach dem unbekannten U-Boot ergebnislos verlief. In Friedenszeiten ein Boot aufzuspüren, das sich nicht durch die Begleitsicherung eines Konvois schleichen musste, um Frachtschiffe anzugreifen und zu versenken, war in etwa so schwierig, wie die berühmte Stecknadel im Heuhaufen zu finden, zumal wenn sich das Boot in einem großen Seeraum, in dem viel Verkehr herrschte, bewusst unauffällig verhielt. So gesehen war die Navy von vornherein nahezu chancenlos gewesen, was Stone von der *Minnow* aber nicht daran hinderte, ein paar üble Witze über Thomsen und sein Gespenster-U-Boot zu reißen, doch das war nun mal nicht zu ändern.

Auch wenn mich das FBI wegen meines *Nautilus*-Memorandums, das in kommunistische Hände geraten war, nicht noch mal in die Mangel genommen hatte, so machte sich meine Frau dennoch echte Sorgen wegen der Sache. Anke hatte Angst um die sichere Existenz unserer vierköpfigen Familie und den damit verbundenen bescheidenen Wohlstand, falls ich ernsthaft ins Visier von McCarthys Kommunistenjägern geriet.

Am Wochenende hatte mein Sohn Björn erstmalig an einem Baseballspiel seiner Schulmannschaft teilgenommen. Obwohl ich von dieser traditionsreichsten aller amerikanischen Sportarten null Ahnung hatte, waren wir natürlich als Zuschauer hingegangen. Die Regeln, nach denen das Match ausgetragen wurde, blieben für mich ein Buch mit sieben Siegeln. Ich fand das Ganze außerdem ziemlich langweilig, zumal die Spieldauer der Begegnung für mein Empfinden eine halbe Ewigkeit betrug. Trotzdem war ich stolz wie ein Pfau, als mir hinterher von mehreren

Seiten versichert wurde, mein Kleiner habe sich wacker geschlagen. Ein leidenschaftlicher Baseballfan wie Commander Hurtzig würde ich wohl trotzdem nie werden.

* * *

Am Montag hatte mich der Alltag wieder.

»Ich will, dass Sie das Barracuda nochmals hart rannehmen«, eröffnete mir Richardson.

»Aye, aye, Sir! Und wann?«

»Diese Woche noch.«

»Gibt es besondere Gründe für diese Eile, Sir?«, erkundigte ich mich.

»Übermorgen erwarten wir das Eintreffen einer Lieferung von Westinghouse, die auch zwei Torpedos beinhaltet.«

»Tut mir leid, Sir, aber ich verstehe den Zusammenhang nicht ganz.«

»Der ist auch etwas kompliziert«, räumte Richardson ein. »Natürlich können die Dinger auch von Westinghouse ausprobiert werden, doch der Ruf, den Sie sich bei uns mittlerweile als Testkommandant erworben haben, hat dazu geführt, dass von höherer Seite aus gewünscht wird, dass diese Aufgabe von Ihnen übernommen wird.«

»Danke für die Blumen. Und verraten Sie mir jetzt auch, um welchen Torpedotyp es sich dabei handeln wird?«

»Um einen für den Unterwasserabschuss modifizierte Mark 24*. Ich nehme an, der Name dieses Lufttorpedos, der im Krieg gegen U-Boote eingesetzt wurde, ist Ihnen ein Begriff.«

»Und ob!«, bekannte ich. »Und ich bin heilfroh, dass ich nie mit ihm Bekanntschaft gemacht habe, denn sonst würde ich wahrscheinlich nicht hier sitzen.«

»Ich kann mir lebhaft vorstellen, dass die Dinger Ihnen und Ihren Kameraden eine heilige Furcht eingeflößt haben«, meinte mein Chef mit US-patriotischem Stolz.

In mir regte sich so etwas wie Trotz. »Der Mark 24 war, obwohl brandgefährlich für uns, keine unbesiegbare Wunderwaffe, gegen die kein Kraut gewachsen war.«

»Dann lassen Sie mal hören!«, forderte Richardson mich auf. »Da bin ich echt gespannt.«

»Der Torpedo lief laut und konnte nicht so weit runter wie unsere Boote; umgekehrt verlor er den Kontakt zu dicht unter oder an der Oberfläche befindlichen Booten. Mein Verhalten hätte sich folglich danach ausgerichtet, wie tief ich gewesen wäre und

---

* Der Mk. 24 war der erste zielsuchende U-Jagdtorpedo der US Navy während des Krieges. Obwohl nur in sehr geringen Stückzahlen verfügbar, wurden mindestens 37 deutsche U-Boote durch diesen Torpedotyp versenkt. Das ergab eine Trefferquote von 25 % im Verhältnis zu den eingesetzten Waffen. Zum Vergleich: Wasserbomben 0,1 %, Hedgehogs 2 %. Allerdings war der Mk. 24 ein Leichttorpedo, der rein für den Einsatz und Abwurf von Flugzeugen aus entwickelt worden war.

wie die sonstige Lage sich dargestellt hätte. Wenn ich sowieso schon relativ weit unten im Keller gewesen wäre, dann wäre ich einfach noch tiefer gegangen, bis der Wasserdruck dem Biest ein Ende gemacht hätte. Eine Orientierung nach oben hätte ich davon abhängig gemacht, ob die Oberfläche einigermaßen frei gewesen wäre. In dem Fall hätte ich das Boot einfach in Form eines Notauftauchmanövers anblasen und aus dem Wasser hüpfen lassen. Ein Aufenthalt dort oben von nur wenigen Sekunden hätte ausgereicht, um den Torpedo mich als Ziel verlieren zu lassen.«

Mein Chef schaute mich mit großen Augen an. »Sie hätten das wirklich versucht?«

»Sie ahnen gar nicht, was man notfalls alles probiert, wenn einem ein zielsuchender Torpedo auf den Fersen ist. Wir haben fatalerweise nur erst sehr spät erfahren, was Sie mit dem Mark 24 für ein Geschoss in petto hatten. Und um das geht es nun, wenn ich richtig verstanden habe.«

»So in etwa. Westinghouse hat im Grunde die Technik eines Mark 24 in das Gehäuse eines Mark 18 verfrachtet, damit der Torpedo in die normalen Rohre eines U-Bootes passt. Außerdem wurde ein System ausgeknobelt, das dafür sorgt, dass die selbstständige Zielermittlung und -verfolgung des Torpedos erst nach einer bestimmten Laufzeit aktiv wird und verhindern soll, dass er das eigene U-Boot, von dem er abgeschossen wurde, erfasst.«

»›Verhindern soll‹ klingt ja schon mal nicht schlecht«, meinte ich etwas sarkastisch. »Ein zurückkehrender Kreisläufer kann nämlich ganz schön ekelhaft sein.«

»Na ja, die Techniker bei Westinghouse gehen davon aus, dieses Problem in der Form gelöst zu haben, dass es gar nicht erst auftritt.«

»Ich vermute eher, die *hoffen* das – doch was soll's. Wie ist das Ganze eigentlich gedacht?«

»Relativ einfach. Sie nehmen von Ihrem Barracuda aus eine Testboje ins Visier, schicken den Torpedo auf die Reise und verfolgen dessen Lauf nach Möglichkeit bis zur Vernichtung des Zielobjektes.«

»So weit, so klar. Für den Fall, dass sich der Aal nicht wie von den Ingenieuren von Westinghouse gedacht verhält, würde ich einen Abschuss dicht unter der Wasseroberfläche bei AK-Fahrt favorisieren, denn damit würde ich über den größten mir möglichen Handlungsspielraum verfügen.«

»Und warum wollen Sie nicht aus dem Keller feuern und dann eventuell weiter auf Tiefe gehen?«

»Eine kleine Gegenfrage, Sir: Gibt es denn schon Anhaltswerte vor Westinghouse, wo in etwa die Selbstzerstörungstiefe von deren Neuentwicklung durch den herrschenden Wasserdruck beginnt?«

* * *

Auf dem Weg zurück zu meinem Büro gingen mir etliche Gedanken durch den Kopf. Testkommandant zu sein stellte keinen ganz ungefährlichen Job dar, aber verglichen mit dem Los eines U-Boot-Führers im Krieg war das natürlich dennoch eine alles in allem kuschelige Angelegenheit. Die mir aber nunmehr zugedachte Aufgabe war trotzdem nicht ohne. Daran änderte auch nichts, dass das Ding im Vorfeld von den Technikern zu Probeläufen auf Torpedoteststrecken geschickt und das Zielverfolgungssystem mit ganz unterschiedlichen Arten von Geräuschquellen konfrontiert worden war. Alles schön und gut, aber irgendjemand musste nun mal der Erste sein, der so einen Aal, der dazu gebaut war, ein U-Boot im Bereich seiner Sensoren akustisch zu erfassen, zu verfolgen und in die Luft zu jagen, tatsächlich aus dem Torpedorohr eines Bootes einsatzmäßig abfeuern. Und derjenige war ich.

Ich kam an den großen Glaskabuffs der Konstruktionsabteilung vorbei, in denen die technischen Zeichner, zumeist stehend, an ihren Brettern irgendwelche Baupläne fertigten, und erspähte die Blondine, die ich mit Willy in der Bar gesehen hatte. Noch immer hatte er mir nicht gesteckt, ob sie seine derzeit aktuelle Freundin war oder nicht, aber ich war bereit, zehn zu eins zu wetten, dass aus dieser Liaison in keinem Fall etwas Dauerhaftes werden würde. Mit einem Lächeln auf den Lippen bog ich auf die andere Seite des Ganges ab und öffnete die Tür zu unserem Büro.

Willy saß an seinem Platz und las einen Brief, den er bei meinem Eintreten in der Schreibtischschublade verschwinden ließ. »Na, wie war die Audienz?«

Ich ließ mich auf meinen Stuhl plumpsen. »Richardson will, dass ich das Barracuda nochmals in See nehme und unter anderem zur Abwechslung auch Torpedotests vornehme.«

»Und wann?«

»Noch diese Woche.«

Mertens strahlte mich förmlich an. »Na prima! An mir zumindest wird dieser Kelch vorübergehen. Übermorgen muss ich zur obligatorischen medizinischen U-Boot-Tauglichkeitsuntersuchung, und danach schwirre ich gleich ab in einen wohlverdienten Kurzurlaub. Wird aber auch Zeit, denn gesehen habe ich bislang von Amerika nicht wirklich was.«

»Und wo soll's hingehen?«

»Zum Big Apple.«

»Nicht schlecht, Herr Specht. New York würde mich schon auch mal reizen.«

»Das kann ich nachvollziehen. Außerdem stammt Glynis von dort und kennt einen Haufen interessanter Leute.«

»Glynis heißt das blonde Kind also«, meinte ich genüsslich. »Will es dich eventuell auch bei der Gelegenheit gleich seiner gesamten Sippe als Zukünftigen vorstellen?«

»Abwarten und Tee trinken, pflegen bekanntlich die Engländer zu sagen«, meinte Willy, wobei auf seinem Gesicht ein seltsamer Ausdruck lag, den ich nicht zu deuten wusste. »Aber bis ich mich auf die Socken mache, habe ich schon noch ein bisschen was zu tun. In einer halben Stunde treffe ich mich mit zwei Konstrukteuren, wobei es um die Verbesserung der Unterbringungsmöglichkeiten auf GUPPYs gehen wird.«

»Na ja, ein paar Zoll mehr Platz für die Männer rauszuschinden macht auf alle Fälle Sinn.«

»Findest du?«, fragte Willy mich. »Ich bin mir da nicht so sicher, ob sich der ganze Aufwand lohnt. Wir reden hier über Balaos, zum Teil sogar noch Gatos, die in das Modernisierungsprogramm kommen. Die Boote sind bis zu acht Jahre alt und haben einen Haufen Kriegseinsätze hinter sich. Ein paar sind mürbe wie ein alter Keks. Sag mal, Arne, was hälst du eigentlich von der Annahme, dass die Navy in zwei Jahren einer Flotte von dreihundert russischen U-Booten gegenübersteht?«

Ich lehnte mich zurück und dachte über die Frage nach. »Derartige Szenarien zu beurteilen ist verdammt schwer. Fakt ist, die Iwans haben genau wie die Amerikaner ein paar von unseren Booten erbeutet und werden versuchen, Teile unserer Technik nachzubauen beziehungsweise als Ideen für ihre eigenen Modelle zu übernehmen. Nur lassen sich alte Boote nicht so ohne weiteres nachrüsten. Der Teufel steckt bekanntlich im Detail. Wir erleben das hier in Amerika, und ich kann mir nicht vorstellen, dass es den Russen in dieser Hinsicht besser geht. Erinnere dich doch bloß mal daran, welche Probleme wir im Krieg damit hatten VII-C- und IX-C-Boote mit Schnorcheln nachzurüsten. Das hat Wochen und Wochen gedauert.«

»Stimmt, als Flottillenchef warst du ja mit der

Sache auch befasst. Aber im Unterschied zu damals haben die Russen seitdem nicht nur Wochen, sondern beinahe drei Jahre Zeit gehabt, um ihre Boote auf Vordermann zu bringen.«

»Trotzdem …« Ich zögerte. »Um die Sache richtig anzupacken, müssten sie neue Typen komplett von Grund auf entwerfen, und das dauert länger, vor allem in Friedenszeiten.«

»Das ist genau das, was mich wundert«, sagte Willy mit Blick auf die gerahmten U-Boot-Fotos, die an der Wand hingen. »Eigentlich müssten die Amerikaner doch langsam anfangen, die nächste U-Boot-Generation in Angriff zu nehmen. Wenn die damit nicht bald in die Pötte kommen, werden die Balaos bereits zwölf Jahre und mehr auf dem Buckel haben, bevor überhaupt die ersten neuen Typen als Ersatz zur Flotte gehen können.«

»Sollte man meinen«, pflichtete ich Willy, der nichts von Rickovers Plänen und dem *Nautilus*-Projekt wusste, bei. »Zumal, wenn man befürchtet, der Gegner baue seine U-Boot-Flotte mächtig aus, stünde eigentlich zu erwarten, dass jemand sich über die eigenen Boote Gedanken macht. Bloß ist man sich bei der Navy ziemlich sicher, dass bei BuShips niemand über irgendetwas nachdenkt.«

»Weil die Politiker den Geldhahn nicht genügend aufdrehen?«

Ich schüttelte den Kopf. »Das dürfte eher an den unterschiedlichen Vorstellungen über die Verteilung des Verteidigungsetats liegen. Die Air Force will ihre Superbomber, die Navy will sowohl Träger als auch U-Boote, und die Army fordert zumindest neue Panzer. Das Marine Corps als eigenständige Teilstreitkraft will von allem etwas, und als ob das nicht reichte, wollen Navy, Army und Marine Corps auch noch jeweils eine eigene Mini-Luftwaffe, während die Air Force natürlich darauf besteht, dass alles was fliegt, ihrer Hoheit unterstellt bleiben müsse, aber gleichzeitig selbst mit eigenen Schiffen und Bodentruppen liebäugelt.«

»Wollt ihr das totale Durcheinander?«, gab Willy mit knarzender Stimme von sich.

* * *

»Halbe Fahrt voraus!«

»Halbe Fahrt voraus, aye, Sir!« Die Bestätigung von Lieutenant Michaels klang blechern aus dem Sprachrohr.

Die *Hephaistos*, der wir hinterherfuhren, war ein richtig dicker Brocken und potthässlich. Die Schwerlastkräne sahen aus, als könnten sie glatt ein Schnellboot an Bord hieven, falls dies erforderlich sein würde. Mit gemütlichen acht Knoten tuckerte der Zossen auf dem Weg ins Übungsgebiet vor uns her.

Der Zweite kam zu mir aus dem Luk auf den Turm geklettert. »Rundgang durch das Boot beendet, Sir«, meldete er. »Ich habe mich vergewissert, dass alles seefest gezurrt ist, Sir!« Der Sub deutete auf die haushohe Silhouette, die eine halbe Meile vor uns durch die See pflügte. »Als schön kann man die Wuchtbrumme auch beim besten Willen nicht bezeichnen.«

»Aber als ausgesprochen nützlich.« Die *Hephaistos* war wie ihre Schwestern während des Krieges dazu gebaut worden, Reparaturen an beschädigten kleineren Einheiten auszuführen. Die Vorläufer hatten in etwa die Größe von Panzerlandungsschiffen gehabt und sich als erfolgreich erwiesen. Da die Navy jedoch nach weitaus größeren Werkstattschiffen mit noch mehr Möglichkeiten verlangte, hatte 1944 die *Ulysses* als erstes Schiff dieser Klasse das Licht der Welt erblickt.

Wir beobachteten das Schiff durch unsere Gläser. Deck türmte sich über Deck, wuchtig und stabil. Das Achterschiff lag tief im Wasser, und die leichte Krängung nach Steuerbord erweckte den Anschein, als würden die Decks demnächst eines nach dem anderen einfach wegrutschen.

»Die Jungs in der Basis erzählen, der alte Hammer habe im Pazifik was in einem Taifun abgekriegt«, berichtete mein Zweiter.

»Durchaus denkbar. Von manchen Sturmschäden erholt sich ein Schiff nie wieder völlig.«

Der Subbie gab keine Ruhe. »Ich frage mich, warum uns die Navy den Zossen mitschickt, Sir.«

»Die Jungs können uns im Bedarfsfall bei Reparaturen helfen, und irgendwer muss ja schließlich später für uns die Zielbojen schleppen.«

»Dafür hätte es aber wohl kaum dieses schwimmenden Ungetüms bedurft.«

Damit hatte der Zweite recht, denn es hätte genügend kleinere Einheiten gegeben, die als unser Begleitschiff hätten fungieren können.

Fünf Stunden später erreichten wir unseren ersten Tauchpunkt, und die Tests liefen an. Alarmtauchen, runter auf zweihundert Fuß, wieder hoch. Erst nach einigen Wiederholungen bekamen wir das Manöver optimal hin. Vierundzwanzig Sekunden waren wirklich keine schlechte Zeit.

Als ich beim nächsten Versuch das Boot mit einer gleichzeitigen Kurskorrektur in den Keller drücken ließ, polterten in der Kombüse die Töpfe aus den Schapps, und ein Mann verstauchte sich beim ungeschickten Versuch, Halt zu finden die Hand. Seinen Weg in die Tiefe machte das Barracuda ohne Probleme. Aus Erfahrung wusste ich, dass ein zügiger Kurswechsel bereits beim Tauchvorgang ausgesprochen segensreich sein konnte, denn die Hauptgefahr für ein U-Boot kam aus der Luft. Und deshalb galt es von den verräterischen Tauchkringeln, die den Piloten angreifender Maschinen die Stelle anzeigten, wo das Boot getaucht war, so rasch es ging wegzukommen, bevor einem dort von oben die »Koffer« hinterhergeschmissen werden konnten.

Dann hieß es wieder hoch aus dem Keller und auf Sehrohrtiefe gehen und Übungsangriffe auf die *Hephaistos* durchexerzieren.

Manchem der Männer mochte dies vielleicht als

unnötig harter Drill erscheinen, doch ging es mir nicht darum, die Besatzung zu schleifen, obwohl wir auch schon mal selbst die eine oder andere Kleinigkeit verbockten. Mein Ziel bestand darin, zu ergründen, wie sich das Boot unter Gefechtsbedingungen hielt, und wir bekamen das vorgesehene Programm durch. Wie schon bei meiner ersten Fahrt mit ihm erwies sich das Barracuda im Rahmen seiner Möglichkeiten als durchaus gutes Boot, auch wenn es bei manchen Manövern überagil reagierte, aber darauf konnte man sich einstellen.

Der dritte Tag bescherte uns noch ein paar Tests mit verschiedenen Fahrtstufen. Obwohl dies zu den eher langweiligen Routineaufgaben zählte, stieg dennoch die Spannung an Bord. Jeder wusste, die letzte Position auf unserer Liste bildete der Torpedotest. Und da den Torpedomixern bereits beim Laden die Hydrophone an den Dingern nicht verborgen geblieben waren, stellte es schon längst kein Geheimnis mehr dar, was wir da mitführten.

Unter meinen Füßen spürte ich das vertraute Ruckeln, als der Aal das Rohr verließ.

»Torpedo läuft!«

Wasser strömte in die Trimmzellen, um das Gewicht des verschossenen Torpedos auszugleichen, aber das Boot lag bereits auf der Seite, als er hart nach Steuerbord wegschwenkte. »XO, neuer Kurs wird null-zwo-fünf, bringen Sie uns runter auf dreihundert Fuß.«

»Torpedo ist aktiv!«

Dieser Meldung vom Sonar hätte es eigentlich nicht bedurft, denn das helle Ping der Zielsucheinrichtung hallte bereits durch die ganze Röhre. »Hat er das Ziel erfasst?«

»Unklar, Sir!« Dann, nach sekundenlanger Pause: »Er weicht vom Kurs ab.« Aus der Stimme unseres Sonarbeobachters war herauszuhören, wie erschrocken er darüber war.

»Mittschiffs, vorne oben zwanzig, hinten unten zehn!«, wies ich den XO an. »AK, der Chief soll mir sämtlichen Saft geben, der in den Batterien steckt.«

Das Boot kippte weg, als habe ihm jemand das Wasser unter dem Rumpf geklaut. »Hinten oben zwanzig! Alle Zellen fluten!«

Wie ein Stein sackten wir in die Tiefe, und das Adrenalin pulsierte sicher nicht nur in meinem Körper. Der Aal hatte zwar keinen Gefechtskopf und trug stattdessen nur Ballast. Explodieren konnte er nicht, aber das verdammte Ding wog eine Tonne und hatte das Bedürfnis, mit vierzig Knoten Fahrt in uns reinzukrachen. Seine Zielsucheinrichtung benutzte Aktivsonar *und* Passivsonar, und letzteres würde in der Endphase der Annäherung unseren Antrieb im Achterschiff anpeilen, wo der Torpedo auch ohne detonierenden Sprengstoff einen ganz gehörigen Flurschaden anrichten konnte.

»Dreihundertfünfzig gehen durch!«

Ein Ächzen ging durch die Röhre, als der Stahl der

Bootshülle sich dem zunehmenden Druck anpasste, und die Gesichter um mich herum wurden noch eine Spur blasser. Der XO neben mir bewegte sich unruhig. »Sir!«

»Das verträgt das Boot allemal. Also weiter runter mit uns. Was machen die Peilungen?«

»Torpedo peilt in Rot, null-vier-acht, wandert nach achtern aus.«

Von wegen wandert aus! Den lenkte anscheinend bereits sein Passivsonar, das auf unsere Schraube zusteuerte.

»Vierhundert laufen durch!«

Das Barracuda gab Geräusche von sich, als befände es sich in einer Schrottpresse. Vierhundert Fuß bildeten die maximale Einsatztauchtiefe; bei fünfhundert würde laut den Berechnungen der Ingenieure die Bruchtiefe einsetzen. »Abfangen, bringen Sie uns auf vierhundertfünfzig.«

Der XO brüllte seine Befehle fast, so erleichtert war er. Wahrscheinlich war den meisten in den letzten zwei Minuten alles Mögliche durch den Kopf geschossen, was man ihnen im Krieg über deutsche U-Boot-Fahrer erzählt hatte, unter anderem, dass wir alle total durchgeknallt seien.

»Hart Steuerbord! Bringen Sie uns herum auf Südostkurs, XO!«

Michaels sprudelte noch ein paar Befehle mehr heraus, und das Boot, das sich gerade wieder aufrichtete, legte sich erneut auf die Seite. »Geben Sie Kollisionsalarm!«

Mit ein paar schnellen Schritten war ich beim Sonar. »Wo ist er?«

»In Rot, eins-fünf-drei, er dreht ein und hält auf unser Heck zu, Sir!« Aus den aufgerissenen Augen des Mannes sprach blankes Entsetzen.

»Immer mit der Ruhe! Abstand?«

»Vielleicht sechshundert Yards, höchstens siebenhundert.«

Den Aal überhaupt noch im Sonar zu hören war schwierig geworden, nachdem er es beinahe schon in unseren Hecksektor geschafft hatte. Der Horcher hatte dies lediglich vermocht, weil dessen Schrauben heller klangen als unsere eigenen. »Ist er auf unserer Tiefe?«

»Schwer zu sagen ...« Der Mann lauschte angestrengt in seine Kopfhörer. »Ich würde meinen, schon.«

Das Mistding war offensichtlich um einiges stabiler als die alten »Kameraden«, die im Krieg verwendet worden waren. Auch wenn ihm der Wasserdruck nicht den Garaus machte, so war er dennoch beinahe einen kompletten Kreis gelaufen. Der Radius mochte etwa sechshundert oder mehr Yards betragen haben, was für ihn mittlerweile eine Laufstrecke von weit über dreieinhalbtausend Yards bedeutete. Von daher musste dem Burschen eigentlich langsam die Puste ausgehen.

Mit einer gehörigen Portion Wut im Bauch auf alle Ingenieure und Konstrukteure der Welt schob ich mich wieder hinter die Rudergänger. »Alle

Mann festhalten! Vorne unten fünfzehn, hinten oben zehn!«

Unser Barracuda lief nach wie vor mit AK und die E-Motoren verbrauchten mit rasanter Geschwindigkeit den vorhandenen Batteriestrom. Allenfalls zwanzig Minuten würde der noch reichen, aber für diesen verdammten Irrläufer war dies vermutlich genug.

Der Wasserdruck erfasste die Tiefenruder, und der Bug richtete sich weiter und weiter auf, während das Heck absackte wie ein Stein. Die natürliche Schwerkraft, die Dinge nach unten fallen beziehungsweise sinken lässt, hatte für uns im Augenblick so gut wie keine Bedeutung. Das Wasser trug unser Gewicht. Längsstabilität gleich Querstabilität! Im Grunde veränderten wir ja nur unsere Lage im Wasser. Aber die Schrauben drückten das Boot mehr nach oben als nach vorne. Der Krängungslageanzeiger schlug ruckartig über dreißig Grad aus, als das Barracuda sich nach dem brutalen Manöver wieder ausrichtete. »Anblasen! Drei ... zwo ... eins ...!«

Pressluft zischte in die Zellen, zuerst in die vorderen, dann folgten in Sekundenabständen die anderen, und unser Auftrieb nahm zu, ganz gewaltig zu.

Ein heftiges Zittern befiel die gesamte Bootshülle. Wo vorher vorne war, war nun oben, und unten wurde zu vorne. Ekelhaft klingende Knackgeräusche kamen auf, und irgendwo schoss ein scharfer Wasserstrahl durch eine schwächelnde Schweißnaht, als der Rumpf den widerstreitenden Kräften, die auf ihn einwirkten, ausgesetzt wurde. Der Trimmlage-anzeiger verharrte wie festgenagelt bei sechzig Grad, Männer schrien erschrocken auf, jemand fluchte zum Gotterbarmen. Aber trotz des akustischen Durcheinanders vernahm ich immer noch das schrille Aktivsonar-Ping des Torpedos. Es kam beinahe direkt von unten, wenn ich mich nicht völlig verhörte.

Eine Tiefe von vierhundertfünfzig Fuß, in der wir uns befunden hatten, war keine Kleinigkeit und lag eindeutig im absoluten Grenzbereich dessen, was ein Barracuda verkraften konnte. Allerdings hatte ich so meine lieben Zweifel, ob dessen Konstrukteure jemals erwogen hatten, dass ihre Konstruktion diese »sichere« Tiefe fluchtartig würde verlassen müssen. Ein regulärer Aufstieg von dort unten hätte etwa sechs Minuten gedauert, doch dreihundertsechzig Sekunden können elendiglich lang sein, wenn einem ein zielsuchender Torpedo in den Hintern beißen will.

Wir absolvierten den Aufstiegsvorgang in weniger als einer halben Minute, wobei wir uns im Inneren der Röhre wie Bullenreiter beim Rodeo fühlten.

Als das Barracuda die Wasseroberfläche durchbrach, hörte sich dies an, als schlüge ein Monsterbrecher gegen den Turm. An allen Ecken und Kanten knackend schob sich die überbeanspruchte Stahlröhre weiter, aber unsere simultane Vorwärts- und Aufwärtsbewegung wurde langsamer, und zwar so abrupt, dass noch mehr Männer den Halt verloren und nach achtern geschleudert wurden.

Dann, ganz plötzlich, endete alles. Nur noch ein gelegentliches Knirschen der Spanten war zu vernehmen. Den Kontakt zu dem Torpedo hatten wir verloren. Die Sonarsphäre, untergebracht in jener halb fassförmigen Konstruktion auf unserem Bug, musste zu diesem Zeitpunkt schon weit in die Luft ragen.

Schreie gellten auf, als das Boot sich erneut bewegte. Es war, als würde einem der Boden unter den Füßen einfach weggezogen, und instinktiv klammerte ich mich mit aller Kraft an die Konsole. Dann schlug der Bug knallhart zurück ins Wasser. Ein Beben ging durch das ganze Boot, und für Augenblicke fiel die komplette Beleuchtung aus. In der Dunkelheit schrammte ich mir das Knie an einer Metallkante auf und fluchte kurz. Ein Vibrieren machte sich bemerkbar, denn die Schrauben drehten immer noch hochtourig, und das Barracuda nahm wieder Fahrt auf.

Meldungen hallten durch die Dunkelheit. »Ruder klemmt bei Steuerbord zehn!«

»Umschalten auf manuell!«

»Backbord achtere Stopfbuchse macht Wasser!«

»Notbeleuchtung!«

Als die Zentrale unmittelbar darauf in ein düsteres rotes Licht getaucht wurde, unterdrückte ich mühsam einen Seufzer, da die Notbeleuchtung eigentlich hätte gelb sein sollen. Wieder ein Punkt für die Nachbesserungsliste.

»Halbe Fahrt, Seewache aufziehen!« Fahle Gesichter starrten mich im Schein des Gefechtrotlichts an.

»Los, los, los! Nicht einschlafen Männer!« Ich griff an den Handlauf der Leiter. »Schadensmeldungen auf die Brücke!«

* * *

»Signal von *Hephaistos*: Nette Show!«

»Geben Sie an *Hephaistos*: Freut uns, dass die Nummer gefallen hat. Wurde der Torpedo schon von Ihnen gefunden?«

Der Funker klapperte mit seiner Signallampe den Spruch rüber.

Die kurze Antwort in Form von Lichtblitzen lautete: »Wir suchen noch!«

»Na wunderbar!«, meinte ich und rieb mir zufrieden die Hände, während die Männer der Wache einander verwundert ansahen. »Zentrale? Maschinen stopp!«

»Aye, Maschinen stopp, Sir! Darf man fragen, ob etwas nicht in Ordnung ist?«

Das war typisch Michaels, und wahrscheinlich befürchtete der Lieutenant, dass es uns bei meinem Gewaltmanöver den Sonardom halb weggerissen hatte, aber das Barracuda hatte sich stabiler erwiesen, als allgemein gedacht, und sich nicht kleinkriegen lassen. Auf eine seltsame Art und Weise war ich zufrieden, auch wenn der verdammte Aal natürlich hinter uns hergekommen war. »Hier oben sieht alles gut aus, XO, keine Probleme. Allerdings sucht die *Hephaistos* noch nach dem Aal, der eigentlich ja nach Ende seiner Laufzeit aufschwimmen sollte, um von unserem Begleitschiff aufgefischt zu werden.«

Michaels gab ein unterdrücktes Stöhnen von sich. »Zehn Dollar gegen 'nen alten Hosenknopf, das hat auch nicht funktioniert.«

Ich spähte über die See nach achtern. Etwas irritierte mich, aber ich musste schon genauer hinsehen. Es handelte sich dabei um eine leichte Abweichung innerhalb der sonstigen Bewegungen der niedrigen Wellen, die nur von unserem Aal herrühren konnte. »Funker, geben Sie an *Hephaistos*: Torpedo ist ungefähr zwei Kabellängen achteraus von uns!« Dann beugte ich mich wieder über das Sprachrohr. »Ihre Wette hätte ich annehmen sollen, Lieutenant. Der Bursche treibt nämlich tatsächlich hinter uns im Wasser.«

Aus dem Sprachrohr drang ein leiser Lacher.

»Na, dann können Sie mir jetzt ja wohl beruhigt die Schadensmeldungen durchgeben, XO.«

»Im Wesentlichen handelt es sich nur um Bagatellen«, erklärte der Lieutenant. »Einige Glühlampen sind hinüber und ein paar Sicherungen durchgeknallt. Eine Stopfbuchse macht etwas Wasser, Pumpe läuft bereits.«

»Das hört sich schon mal nicht schlecht an. Geben Sie an den Chief weiter, dass er mit seinen Leuten das Ding abdichten soll.«

»Wird gemacht, Sir.«

»Dann kann er auch gleich mal überprüfen, was mit der Notbeleuchtung los ist. Rot statt Gelb ist im

Ernstfall, wenn die Crew schnell aus dem Boot aussteigen muss, nicht der wahre Jakob.«

»Aye, Sir, ich kümmere mich darum. Und geht's danach weiter?«

Ich kannte die Antwort, die er erwartete, doch die würde er nicht bekommen. »Offiziersbesprechung in der Messe, sobald der Chief mit den Reparaturen fertig ist.«

»Anfrage *Hephaistos* zu unserer weiteren Planung, Sir«, meldete der Funker.

Noch jemand, der wissen wollte, was ich nach dem Gewaltmanöver mit unserem Boot vorhatte. Dabei war das eigentlich naheliegend, denn wir waren schließlich nicht zum Spaß hier. »Geben Sie durch, zweiter Torpedotest wird am Spätnachmittag durchgeführt.«

Zuvor würden wir den Aal, den wir noch hatten, aus Rohr Zwei ziehen und dessen Laufzeit bis zur Aktivierung seiner Suchsysteme verlängern – und dann würden wir weitersehen.

Als die Sonne sich anschickte, am Horizont im Meer zu versinken und die weite spiegelnde Wasserfläche mit einem flammenden Rot überzog, schossen wir unseren noch verbliebenen Testtorpdeo ab und gingen danach sofort auf Tiefe. Die Befürchtung von wohl so manchem an Bord, es könne zu einer Wiederholung meines erst Stunden zuvor praktizierten katapultartigen Aufsteigemanövers mit dem Barracuda kommen, erwies sich als unbegründet. Genau wie vorgesehen entfernte sich der Aal auf einem geraden Kurs vom Boot, aktivierte dieses Mal die Zielsuche erst nach zweitausend Yards und erfasste treu und brav die Unterwasserzielboje.

Im ganzen Boot brandete Jubel auf, denn ein bisschen war das schon auch ein historischer Moment. Wir waren immerhin das erste Boot, das eine derartige Waffe als Kampfmittel gegen getauchte U-Boote erfolgreich getestet hatte. Die Enttäuschung über den ersten fehlgeschlagenen Versuch war plötzlich wie weggeblasen.

* * *

»Der Test des Torpedos war erfolgreich, eine Feststellung, an der es nichts zu deuteln gibt.« Der Westinghouse-Manager, dessen Namen ich mir nicht gemerkt hatte, strahlte in die Runde. »Und damit, Gentlemen, haben wir die Waffe der Zukunft gegen U-Boote in der Hand.«

Mindestens vier der im Konferenzraum Anwesenden waren U-Boot-Kommandanten, dazu kamen zwei hochrangige Leute von Firmen, die U-Boote und Anlagen dafür bauten. Des weiteren hatte sich ein halbes Dutzend Ingenieure und Konstrukteure eingefunden, zu denen auch John Burnham gehörte. Aber der entscheidende Mann, auf den es letztendlich ankam, war Captain Hyman Rickover vom Bureau of Ships.

Rickover hatte während der Worte des Vertreters von Westinghouse keine Miene verzogen und meldete sich nun zu Wort. »Der eigentliche Testbericht klingt nicht ganz so glatt wie das, was Sie uns gerade erzählt haben.«

Der Captain, der nach dem Krieg Atomphysik in Oak Ridge studiert hatte, war zuständig für die Entwicklung nuklearer Antriebe für die Navy. Er war ein Mann mit Visionen, alles andere als unumstritten, aber zugleich auch jemand, der genau wusste, was er wollte, und dem niemand so leicht ein X für ein U vormachen konnte.

»Nun ja«, druckste der Westinghouse-Manager herum, »es gab schon auch ein Problem während der Tests, aber …«

»Vielleicht sollten wir dazu besser Commander Thomsen hören«, unterbrach ihn Rickover. »Der hat den Fisch immerhin getestet.«

Mir wurde etwas mulmig in meiner Haut, als sich plötzlich die Blicke aller auf mich richteten. »Wie ich das ja bereits schriftlich dargelegt habe, Sir, funktioniert der Torpedo, lediglich die vorgegebene Sicherheitsstrecke war bei unserem ersten Versuch zu kurz.«

»So habe ich Ihren Bericht auch verstanden.« Der Captain beugte sich vor. »Aber der interessantere Teil kam danach, indem Sie mit dem Barracuda die Wunderwaffe abgehängt haben, nicht wahr?«

»Äh … ja, Sir, was hätte ich auch sonst tun sollen?« Auf dem Stuhl neben mir rutschte nun Richardson unruhig umher, griff aber nicht ein, weshalb ich weitermachte: »Selbst ohne Gefechtsladung ist so ein

Aal nicht ganz ungefährlich und kann allein schon durch seine Masse einigen Schaden anrichten.«

Rickover nickte zustimmend. »Mal angenommen, Sie säßen jetzt auf meinem Platz: Worauf würden Sie dann in diesem Augenblick eine Antwort wissen wollen?«

Eins musste man dem Captain lassen: ungeschickt ging er nicht vor. Ich konnte nicht anders, ich grinste. »Erstens, wie dieser Kerl dem zielsuchenden Torpedo entkommen ist, und zweitens, wie man sicherstellen kann, dass dies nicht auch einem Russen im Falle eines Falles gelingen kann, wobei ich bei letzterem, das sei vorausgeschickt, passen muss.«

»Trotzdem, Sie haben den Nagel auf den Kopf getroffen«, stellte der Captain fest. »Dann klären Sie uns mal darüber auf.«

»Im Prinzip war das Ganze relativ einfach, Sir. Ich kannte die Laufstrecke, und der Aal war bereits einen Bogen gelaufen, nachdem er uns erfasst hatte. Unser Sonar konnte zwar nicht den genauen Abstand, aber dennoch den ungefähren ermitteln, was ausreichte, da auch noch die Peilungen hinzukamen. Zudem hatte ich den Eindruck, dass bei der Kombination aus Aktiv- und Passivsonar in der Zieleinrichtung des Torpedos in dieser Phase das Passivsonar dominierte. Statt direkt auf linearem Kurs auf uns zuzusteuern, zog der Aal einen weiteren Bogen, um in unser Heck zu kommen, ein klares Indiz, dass er sich an unserem Antrieb orientierte.«

»Und was folgte dann?«

»Zuerst bin ich runter in den Keller, um den Torpedo vom Wasserdruck erledigen zu lassen.«

»Wieso das denn?«, fragte Rickover verblüfft.

»Mit der Methode haben wir im Krieg die akustischen Torpedos ausgeschaltet, die von Flugzeugen abgeworfen wurden. Die allermeisten gaben durch den Wasserdruck bedingt bei etwas über dreihundert Fuß den Geist auf. Das Barracuda kann zwar nicht so tief tauchen, wie die deutschen Boote dies vermochten, aber die vierhundertfünfzig Fuß, die wir schafften, hätten für diesen Zweck eigentlich ausreichend sein können.«

»Nur so aus Interesse, wie tief konnten Sie mit Ihren Booten im Krieg runter, Commander?«

Ich versuchte meiner Stimme einen beiläufigen Klang zu geben. »Die älteren Typen schafften umgerechnet so bis sechshundert, siebenhundert Fuß, die neueren über zwölfhundert. Hatte ein Boot erst einmal diese Regionen erreicht, dann war es vor sämtlichen Torpedos sicher, wobei Wasserbomben natürlich auf einem anderen Blatt stehen.«

»Dann lassen Sie mich mal rekapitulieren«, sagte Rickover. »Der Westinghouse-Torpedo hat also auch den Druck in der von Ihnen genannten Tiefe vertragen.«

»Korrekt, Sir. Mir jedoch stand gleichzeitig eine ganz gehörige Distanz bis zur Oberfläche zur Verfügung, die sich nutzen ließ. Hoch mit dem Bug, anblasen, was das Zeug hält, und Fahrt ins Boot bringen, lautete daher die Devise.«

»Sie konnten doch nicht ernstlich darauf setzen, schneller zu sein als der Torpedo?«

»Nein, natürlich nicht«, bekannte ich schmunzelnd. »Aber ich konnte Zeit schinden und in dem Moment, da ich die Wasseroberfläche durchstieß, die ganze Geräuschsignatur verändern. Der Aal würde uns also so oder so verlieren.«

»Beeindruckend. Könnten Sie dieses Manöver mit jedem U-Boot ausführen?«

Ich zögerte kurz. »Die Mehrzahl der Typen der US Navy, die ich kenne, können nicht tief genug gehen, um so viel Fahrt durch Auftrieb aufzubauen.«

Auf den Gesichtern der anwesenden amerikanischen U-Boot-Kommandanten zeichnete sich Betroffenheit ab, hatte ich ihnen doch gerade zu verstehen gegeben, dass die meisten ihrer Boote für akustisch suchende Torpedo wehrlose Opfer sein würden.

»Vielleicht böte es sich in diesem Zusammenhang an, auch über neuartige Bolds nachzudenken.«

»Das waren doch diese Dinger, die das Aktivsonar reflektieren?«

»Sie sagen es, Sir. Bold ist eine Kurzform von Kobold, der deutschen Bezeichnung für einen neckischen Geist.«

»Ein hübscher und treffender Ausdruck«, meinte Rickover und rang sich dabei sogar noch ein Lächeln ab. »Der Gedanke eines Täuschkörpers, der mit seinen ausgestoßenen Blasenwolken nicht nur das Aktivsonar von Überwasserschiffen, sondern auch das eines zielsuchenden Torpedos in die Irre führt, hat durchaus was für sich. Gentlemen, greifen Sie bitte diese Idee auf. Und nachdem wir gerade alle miteinander gehört haben, wie es möglich ist, dem Westinghouse-Torpedo zu entgehen, erwarte ich auch diesbezüglich konstruktive Lösungsvorschläge, wie dem begegnet werden kann. Das gilt auch für sämtliche Formen der Eigengefährdung durch Irrläufer. Ich danke Ihnen.«

* * *

Richardson zündete sich eine Zigarette an, doch da wir in seinem Büro waren, konnte ich schlecht was dagegen einwenden, und Burnham war dies ohnehin schnuppe. »Mit Ihren Ausführungen haben Sie die Jungs bei Westinghouse ganz schön unter Druck gesetzt, Commander«, meinte unser Oberboss.

»Das war eigentlich gar nicht meine Absicht. Der Torpedo ist durchaus eine gute U-Boot-Anti-U-Boot-Waffe. Es bedarf zwar noch etwas weiterer Entwicklungsarbeit, aber das Ding hat durchaus Zukunft.«

»Dass das Biest hinter Ihrem Boot hergejagt ist, scheint Sie nicht zu stören?«

»Weshalb auch? Torpedos sind immer so eine Sache. Als der Krieg anfing, war jeder zehnte unserer deutschen Aale ein Kreisläufer, und die Quote bei der Navy war, wie ich mittlerweile erfahren habe, auch nicht besser. Wie auch immer, Torpedos sind jedenfalls ziemlich komplizierte Waffen, und der vertretbare Bereich zwischen Funktion und Risiko ist klein. Die Sicherheitsstrecke war bei unserem ersten Schuss zu gering, beim zweiten hat es dann funktioniert.«

»Ganz so einfach ist das nicht«, wandte John Burnham ein.

»Wieso nicht?«

»Wegen der Geschwindigkeit der Boote. Das Barracuda hat unter Wasser gerade mal achteinhalb Knoten gemacht, plus das, was Sie mit Ihrem Manöver durch Auftrieb rausgeschunden haben. Damit stellt sich die Frage, ob der Torpedo überhaupt eine Chance gehabt hätte, wenn sein Ziel zum Beispiel ein GUPPY-Boot gewesen wäre oder so etwas wie Ihr Typ XXI, Commander Thomsen, mit siebzehn Knoten unter Wasser und größerer Tauchtiefe.« Der Ingenieur zögerte. »Und es wird Modelle geben, die vielleicht sogar fünfundzwanzig oder mehr Knoten vorlegen können. Die derzeitigen Torpedos laufen zwar mit vierzig bis fünfundvierzig Knoten dann immer noch schneller, doch Sie haben uns ja selber vorgeführt, dass man die selbst mit einem langsameren Boot austricksen kann.«

»Sie dürfen nur nicht vergessen, dass ich von vornherein wusste, womit eventuell zu rechnen sein würde. Ein Kommandant, der plötzlich einen Aal unverhofft an den Fersen hat, besitzt schon mal deutlich schlechtere Karten, selbst mit einem schnellen Boot.« Meine Stimme wurde eine Nuance härter. »Ich nehme an, bei diesem Thema haben Sie bereits auch die *Nautilus* im Sinn. Mit so einem Boot hätte ich mich hinter den Gegner gesetzt und meinen Torpedo auf fünfzehnhundert Yards abgefeuert. In dem Moment, in dem der die aktive Zielerfassung gehört hätte, wäre der Aal auch schon scharf und im Ziel gewesen.«

Richardson und Burnham zuckten regelrecht zusammen, was von mir mit einem etwas traurigen Lächeln quittiert wurde. »Ich nehme an, Sie sind gerade deshalb so erschrocken, weil in Ihrer Vorstellung eben die Schreckensbilder von einem U-Boot aufgetaucht sind, das unter Wasser von einem Torpedo zerfetzt wird.« Die beiden waren im positiven Sinne reine U-Boot-Bauer, ein Job, von dem sie wirklich was verstanden, doch die wirkliche Einsatzrealität dieses sich gegenseitigen Zerstörens, Versenkens und Umbringens mit diesen Dingern, war für sie immer irgendwie abstrakt geblieben. »Wenn es hart auf hart kommt, ist dies nun mal der Zweck von U-Booten und Torpedos, und es wird nicht mehr lange dauern, bis die Russen mindestens vergleichbare Waffen haben. Die Navy befürchtet, in etwa zwei Jahren rund dreihundert Booten gegenüberzustehen, die alle mehr oder weniger dem Typ XXI entsprechen. Und sagen wir es hier unter uns offen, diese Boote werden in etlichen Punkten auch unseren GUPPYs überlegen sein. Den technischen Quantensprung aber dürfte erst die *Nautilus* bedeuten.«

»Das fraglos«, stimmte Burnham mir zu. »Doch bis

dahin gilt es noch etliche Probleme zu lösen, die etwa aus dem nuklearen Antrieb resultieren. Bei einem Atom-U-Boot müssen permanent die Pumpen für den Kühlkreislauf des Reaktors laufen, Geräuschquellen, die erfasst werden können, was aber durch Dämmung irgendwie möglichst verhindert werden muss. Es könnte auch Wärmespuren geben, die man verfolgen kann, obwohl die entsprechende Technik dafür noch in den Kinderschuhen steckt.«

»Bis es klappen dürfte, U-Boote über deren Eigenwärme aufzuspüren, werden mit Sicherheit ein paar Jährchen ins Land gehen. Zumal wir von U-Booten reden, die sich mit noch höherer Geschwindigkeit durchs Wasser bewegen, das sowieso verschiedene Temperaturschichten und Salzgehalte hat. Eine ähnlich gelagerte Diskussion gab's bei der deutschen U-Boot-Waffe schon einmal, als es um die englischen Funk- und Schallsuchgeräte ging. Gewonnen haben dann letztendlich die Briten nicht unter, sondern über Wasser – dank Radar und weil die deutschen U-Boote nur zeitlich begrenzt tauchen konnten und immer wieder neu an die Oberfläche mussten.«

»Ein Zwang, der bei der *Nautilus* entfiele.«

»Schwieriger entdeckt werden zu können als jedes andere Boot jemals zuvor bedeutet ein strategisches Plus, und falls es doch dazu kommen sollte, vermag es sich auf Grund der überlegenen Schnelligkeit und Tieftauchfähigkeit einer Verfolgung zu entziehen.«

»Damit gehört Booten wie der *Nautilus* wohl eindeutig die Zukunft«, zog Richardson zufrieden ein Resümee.

»Wenn es um weiträumige Hochseeeinsätze geht, ja, für Operationen in flachen Küstengewässern sind solche Boote allerdings zu groß.« Mich überkam plötzlich das Bedürfnis, mir mit der flachen Hand kräftig an die Stirn zu schlagen. »Der damit verbundene Strategiewandel, der ist es!«

»Wie meinen Sie das?«, fragte mein Chef mich verdutzt.

Meine Stimme klang mit einem Mal heiser. »Ich habe die ganze Zeit darüber gerätselt, warum der unbekannte Spion sich ausgerechnet für mein Memorandum, eines von vielen anderen auch, interessiert hat, zumal es über technische Details kaum was enthält.«

»Shit«, murmelte Burnham. »Aber das von Ihnen angenommene Motiv dürfte hinhauen, Commander.«

»Hätte vielleicht jemand von Ihnen jetzt die Güte, auch mich in die Sache einzuweihen?«, forderte Richardson mürrisch.

»Das von uns gemeinsam erarbeitete Papier erörterte die Frage der optimalen wie realisierbaren Anzahl der Torpedorohre für die *Nautilus*. Damit gingen natürlich grundsätzliche, vom Commander beigesteuerte Überlegungen zu den Einsatzmöglichkeiten eines derartigen U-Bootes einher«, erläuterte Burnham. »Definiert wurden, wenn Sie so wollen, Sir, taktische Anforderungen, wobei deren technische

Umsetzung im Detail bewusst nicht abgehandelt wurde, weil das in dem Planungsstadium, in dem wir uns befinden, auch gar nicht möglich gewesen wäre und zudem umfangmäßig den Rahmen eines solchen Statements gesprengt hätte.«

»Hm!«, machte Richardson nur, was verriet, dass er noch nicht wirklich auf den Trichter gekommen war.

»Das Memorandum behandelte daher hauptsächlich«, fuhr ich nun fort, »wie ein Boot beschaffen sein müsste, das seinerseits andere U-Boote jagt. In der Vergangenheit war die U-Boot-Jagd darauf ausgerichtet, die Versorgung des Gegners mit Nachschub durch Frachter mit Konvoibegleitung durch Kriegsschiffe zu unterbinden. Das *Nautilus*-Konzept eröffnet jedoch darüber hinaus eine zusätzliche Möglichkeit, zu verhindern, dass feindliche U-Boote dies mit unseren Überwasserschiffen tun – als neue Anti-U-Boot-Waffe. Und etwas über die mit der *Nautilus* verbundenen Intentionen herauszufinden war das Ziel dieses Spionageangriffs.«

* * *

Wochen voller Betriebsamkeit verstrichen. Burnham und seine Ingenieure und Konstrukteure tüftelten weiterhin emsig an technischen Lösungen in Zusammenhang mit dem *Nautilus*-Projekt herum. Auf den Helligen von Electric Boat lagen weitere Balaos zum Umbau. Den Auftrag, ein GUPPY-Boot von Grund auf neu zu bauen, hatte zwar Portsmouth erhalten, aber immerhin hatte BuShips bei uns drei Barracudas geordert. Unsere Werft würde für die nächsten Jahre ausgelastet sein.

In See blieb es ruhig. Von dem unbekannten U-Boot hatte es nach wie vor keine weitere Spur seit meiner Begegnung mit ihm mehr gegeben, und die lag mittlerweile schon über einen Monat zurück. Da seine Seeausdauer nicht unbegrenzt war, konnte es natürlich sein, dass es schon längst das Weite gesucht hatte.

Aber falls dies nicht der Fall war und es sich immer noch in der Gegend herumtreiben sollte, dann musste es von irgendwoher in See versorgt werden. Es gab Hunderte von Schiffen aus aller Herren Länder, die an der Ostküste unterwegs waren, und ein russischer Frachter, der weit draußen den Versorger spielte, würde niemandem auffallen. In spanischen Gewässern hatten wir Deutschen vor etlichen Jahren eine ganz ähnliche Geschichte abgezogen.

Für die routinemäßigen Abnahmetests, die durchgeführt wurden, bevor wir die umgebauten Boote an die Navy übergaben, hatte sich bei uns ein neuer Ausdruck eingebürgert, von dem niemand zu sagen wusste, wer ihn eigentlich aufgebracht hatte: »Shake Down«. In den vergangenen Wochen hatte Mertens einen solchen Shake Down in unserem üblichen Testgebiet vorgenommen und ich derer gleich zwei. Obwohl wir bei unseren Tauchmanövern die zweifellos besten Sonargeräte der Welt einsetzten, hatten sich keinerlei neuerliche Anhaltspunkte für das Vorhandensein eines fremden Bootes ergeben. Obwohl es eigentlich keinen Grund mehr gab, zu bezweifeln, dass es weg sein musste, blieb in mir ein Rest von Skepsis.

»Prösterchen, Arne«, sagte Willy und hob die Bierdose. Es war Wochenende und wieder einmal Barbecue bei mir zu Hause angesagt.

»Auf was wollen wir trinken?«, fragte ich zurück.

»Völlig egal! Von mir aus auf das Leben im Allgemeinen und im Speziellen.«

»Na denn … wohl bekomm's!«, erklärte ich und ließ mir den kühlen Gerstensaft schmecken.

»Was ist eigentlich aus deiner blonden Flamme geworden?«

»Glynis?« Er zuckte mit den Schultern. »Das Feld muss wohl noch etwas beackert werden.«

»Ich dachte, ihr beiden wart zusammen in New York«, tastete ich mich vorsichtig weiter vor.

»Die Stadt ist wirklich toll und beeindruckend«, bekannte mein lieber Freund langsam und bedächtig, vermutlich, um sich dabei die nachfolgenden Worte zurechtzulegen: »Glynis hat eine etwas komplizierte Seele.«

Das war in der Tat eine hübsche Umschreibung dafür, dass er noch nicht bei ihr hatte landen können. Was mich daran wunderte war, dass diese Glynis jetzt schon eine ganze Weile mit Willy rummachte, der normalerweise nur das Entweder-oder-

Prinzip kannte. Entweder, er kriegte eine Frau rasch rum, oder er wandte seine Aufmerksamkeit umgehend einer anderen zu. Und ihn lange zu halten, hatte von seinen bisherigen Betthasen noch keine vermocht.

»Kompliziert heißt ja wohl: es ist nicht leicht, ein Stachelschwein am Bauch zu kitzeln«, scherzte ich.

»Das bleibt abzuwarten«, erklärte Willy und wechselte demonstrativ das Thema. »Weiß man denn schon, wie es mit der *Minnow* weitergeht?«

»Der Patient soll übernächste Woche entlassen werden. Es wurde ordentlich an ihm rumgeschnippelt, um ihm das neue Sonarsystem der Barracudas zu verpassen.«

»Auch wenn es vielleicht blöd anmuten mag, gegenüber einem U-Boot Gefühle zu hegen, so tut mir die alte Dame dennoch fast schon leid.« Willy schüttelte sich förmlich. »Alle paar Wochen aufgeschnitten und danach wieder zugeschweißt zu werden … igittigitt!«

»Ein Boot muss nun mal als Versuchskaninchen herhalten, Willy. Das lässt sich eben nicht ändern. Die neuen Pancake-Diesel wurden der *Minnow* ja wohl inzwischen auch schon eingepflanzt.«

»Gibt es denn sonst noch weitere Neuerungen?«

»Der neue GUPPY-Schnorchel ist noch drin, und es wurde im Bugraum noch etwas Platz geschaffen, um zwei Mann mehr Besatzung unterzubringen.«

»Ich nehme an, Richardson wird dich mit den Tests betrauen, Arne.«

»Wieso? Willst du etwa schon wieder Urlaub nehmen?«

»Nö, das eigentlich nicht, aber das kann sich ganz schnell ändern. Trotzdem ist es doch meistens so, dass unser Boss immer zuerst dich rausschickt, wenn wirklich neues Spielzeug ausprobiert werden soll.«

Obwohl wir beide als Commander tituliert wurden, war mein Navy-Rang eine Stufe höher. Mertens war, wie die meisten amerikanischen U-Boot-Kommandanten, Lieutenant-Commander, vergleichbar einem deutschen Kaleu; ein »Nur«-Commander wie ich entsprach hingegen einem deutschen Fregattenkapitän. Und um Testergebnissen, die hinterher jenseits der Fakten »politisch« bewertet wurden, mehr Gewicht zu verleihen, mussten diese nach Möglichkeit vom »obersten« Testkommandanten stammen. »Bist du deswegen eifersüchtig?«, fragte ich Willy.

In seine Augen trat ein fröhliches Funkeln. »Quatsch, mein Lieber! Amüsier dich getrost in deiner engen stinkigen Stahlröhre, und ich werde versuchen, Glynis zu becircen, mit mir einen Kurztrip nach Hawaii zu unternehmen. Doch zuvor hol ich mir, wenn du gestattest«, er wedelte mit seiner leeren Getränkedose in der Luft herum, »noch ein schönes kühles Bier.«

* * *

Irgendwie hatte ich das Gefühl, in eine immer hektischer werdende Tretmühle geraten zu sein. Zwei weitere neue U-Boot-Umbauten kamen zu Abnahmetests aus den Docks, und Mertens und ich nahmen jeweils einen unter den wachsamen Augen von deren Navy-Crews in See. Doch das fiel noch in die Kategorie der üblichen Routine und kostete allenfalls einen Haufen Zeit.

Das galt auch für die Besprechungen in Zusammenhang mit dem Projekt *Nautilus*, das weiter Gestalt annahm. Und je mehr es das tat, desto stärker konkurrierten die Auffassungen der Beteiligten untereinander. Westinghouse, mit dem Reaktorbau befasst, war zwar mit der Größe des Platzangebotes als solchem zufrieden, nicht jedoch mit der Konfiguration der nachfolgenden Aggregate. Die Torpedoleute von NTS waren nicht ganz glücklich über Burnhams Entwurf mit sechs nach außen gewinkelten Bugrohren. Den Sonarleuten, denen damit Raum für eine größere Sonarsphäre im Bug zur Verfügung stehen würde, war das immer noch zu wenig, da ihnen eine Riesenanlage vorschwebte. Zeitweilig nahm dieses Hickhack der unterschiedlichen Interessenlagen fast schon groteske Züge an, und ungeachtet unserer sonstigen Aufgaben hetzten nebenbei Burnham, Richardson und ich auch noch von einer Konferenz zur anderen.

Captain Rickover, der federführende Mann des Projektes, erwies sich als gnadenloser Antreiber. Aber er war in erster Linie ein Techniker, hatte, nachdem er die Naval Academy in Annapolis durchlaufen war, kurz auf einem Zerstörer und dem alten Schlachtschiff *Nevada* gedient, um danach Maschinenbau an der Columbia University zu studieren. An das Diplom *Master of Science in Electric Engineering* schloss sich 1929 eine Weiterqualifikation für den U-Boot-Dienst an, ohne dass er mehr als Schulungsfahrten mitmachte. 1933 landete er beim Amt für Kriegs- und Marinematerial in Philadelphia, wo er quasi als Lehrbuch für die Navy das Werk *Das Unterseeboot* des deutschen Admirals Herrmann Bauer übersetzte. Ein U-Boot hatte er freilich nie selbst kommandiert, sondern war während des Krieges für die Entwicklung technischer Systeme auf U-Booten zuständig. Rickover war eben in erster Linie ein glänzender Organisator und brillanter Ingenieur, dessen Hauptinteresse nunmehr einer nuklearen Antriebsanlage bei der *Nautilus* galt. Der Rest war eben mehr oder weniger der Rest – mit Ausnahme des Torpedotests, dessen Ergebnisse ihm nicht behagten. Rickover drängte auf Nachbesserungen und übte deswegen sowohl auf NTS als auch auf uns mächtig Druck aus.

Zwischen Richardson und ihm knirschte es nicht nur deswegen heftig, denn der Captain wollte von Electric Boat mehr oder weniger ein komplettes Konzept für die *Nautilus* präsentiert bekommen – gratis allerdings. Rickover huldigte der Auffassung, wir könnten die Vorarbeiten in Hinblick auf den eventuell nachfolgenden Zuschlag bei der Auftragsvergabe für den tatsächlichen Bau eigentlich auch so für »lau« erledigen. Wahrscheinlich hätte Richardson den ganzen Kram einfach hingeschmissen, wenn es nicht als

»Kompensations-Bonbon« weitere Umbauaufträge in nennenswerten Stückzahlen von Balaos gegeben hätte, zu lukrativen Konditionen für die Werft.

Soweit es mich betraf, hatte ich manchmal das Gefühl, dass ich gegen Wände anrannte. Der euphorische Glaube an die neue Wunderwaffe, den zielsuchenden U-Boot-Abwehrtorpedo, hatte sich, überspitzt ausgedrückt, in tiefste Verzweiflung verwandelt, weil das Ding nicht automatisch die Staatsangehörigkeit des Kommandanten feststellen konnte, um davon die Nationalität des U-Bootes abzuleiten, keine unendliche Reichweite hatte und außerdem nicht einmal Kaffee zu kochen vermochte. Jedenfalls kam es mir so ähnlich vor. Aber mein Einwand, dass bei jeder Art von Waffe der entscheidende Faktor der Mensch sei, der sie einsetzen muss, ging irgendwie unter und ich konnte mir den Mund fusselig darüber reden, dass der Torpedo als solcher im Prinzip hervorragend war, nur dass es für ihn erst noch der entsprechenden Einsatztaktiken bedurfte. Die meisten Beteiligten an diesen Diskussionsrunden waren Ingenieure, die eher an das A und O technischer Lösungen glaubten. Also hörten sie mir freundlich nickend zu und verschwanden dann hinterher wieder in ihren Planungsbüros, um an der Verfeinerung der Technik zu feilen.

Doch verglichen mit dem, was sich in der Heimat tat, waren das alles für mich nur Kinkerlitzchen. Am 24. Juni 1948, nachdem es zuvor schon lange Spannungen gegeben hatte – der Morgenthau-Plan* eines Anti-Hitler-Paktes war von Präsident Roosevelt seit 1944 nicht mehr weiterverfolgt, geschweige denn im Nachkriegsdeutschland umgesetzt worden, sondern 1947 der Truman Doktrin** gewichen –, war es zur Blockade Berlins gekommen. Als Reaktion auf die Einführung der Währungsreform auch in den Westzonen der Alliierten in der Vier-Sektoren-Stadt kappte die Rote Armee die Versorgung Westberlins über die bisherigen Land- und Wasserwege, die durch die Sowjetische Besatzungszone führten. Die Stadt wurde von einer Insel zur belagerten Festung, in der mehr als zwei Millionen Menschen lebten. Die Sowjetunion wollte damit den Rückzug der Westalliierten erzwingen und ihren eigenen Anspruch auf das gesamte Berlin untermauern. Doch die USA, Großbritannien und Frankreich weigerten sich, aufzugeben, und versuchten, Berlin aus der Luft zu versorgen.

Natürlich verfolgten wir, die wir aus Deutschland stammten, in Amerika die Berichte über die Geschehnisse mit besonders bangen Herzen. Während des Krieges hatten wir Deutschen ja selbst so etwas

---

* Wichtigster der darin enthaltenen 14 Punkte war, zu verhindern, dass von deutschem Boden aus jemals wieder ein Angriffskrieg ausgehen konnte.

** Sie bildete die außenpolitische Leitlinie der USA im Kalten Krieg und sah vor, alle sich zum Westen zählenden Staaten, die an den Ostblock grenzten, aus strategischen Gründen militärisch und wirtschaftlich zu unterstützen.

versucht, aber in viel kleinerem Maßstab. Die in Stalingrad eingekesselte 6. Armee hätte fünfhundert Tonnen Nachschub pro Tag gebraucht, doch die Versorgungsflieger der Luftflotte 4 erreichten dieses Soll nicht ein einziges Mal auch nur annähernd. Berlin hingegen benötigte mindestens zweitausend Tonnen – täglich. Dies zu bewerkstelligen erschien uns allen unmöglich, und die Unsicherheit darüber, was passieren würde, zerrte an unser aller Nerven. Würden die Westalliierten Berlin aufgeben, wenn sie es nicht aus der Luft versorgen konnten? Oder würde es als Folge der Berliner Blockade zum offenen Schlagabtausch kommen? Es war eine Zeit, in der ich es allmorgendlich kaum erwarten konnte, einen Blick in die Zeitung zu werfen.

Willy reichte tatsächlich nochmals Urlaub ein und flog, als er ihn bewilligt bekam, mit Glynis nach Hawaii, was für mich bewies, dass an dieser Front mehr ablief, als er zugab. Doch das war sein Privatvergnügen und ging mich nicht wirklich etwas an.

* * *

Wir saßen uns in unserem Gemeinschaftsbüro gegenüber. »Mannomann!« Willy blickte von seiner Zeitungslektüre auf. »Die schreiben hier, dass das Lufttransportkommando sogar ein komplettes Kohlekraftwerk, in Teile zerlegt, nach Berlin einfliegen will.«

»Diese gesamte Luftbrücke ist schon jetzt eine

schier unglaubliche Leistung. Das geht jetzt schon vier Wochen so, und jeden Tag fliegen die Rosinenbomber tatsächlich zweitausend Tonnen Hilfsgüter ein – ein Frachtaufkommen, das sogar noch erheblich gesteigert werden soll*. Bleibt nur zu hoffen, die halten das auch durch.«

»Wer, die Tommys und Amis oder die Berliner?«, fragte Willy.

»Alle miteinander, denn sonst schnappen sich die Russen auch noch Westberlin. Es haben sich nun mal zwei Machtblöcke herausgebildet, und die Grenze zwischen ihnen geht mitten durch Deutschland.«

* * *

Mitte des Sommers kam die *Minnow* wieder aus dem Dock. Erneut hatte sich das Boot verändert, und wie! Der Bug war zum zweiten Mal in diesem Jahr ausgetauscht worden, der Turm war einer GUPPY-Flosse gewichen, das Decksgeschütz verschwunden.

---

* Die ursprüngliche Bedarfseinschätzung von 2000 t Nachschub pro Tag wurde im Augsut 1948 von General Tunner auf 5000 t nach oben korrigiert. Gegen Ende der Blockade, im April 1949, flogen alliierte Flieger pro Tag 12 000 t und mehr ein und machten damit den Versuch der Russen, Berlin auszuhungern, um es zu annektieren, illusorisch. Die Blockade endete am 12. Mai 1949, als die russischen Behörden Land- und Wasserwege wieder öffneten. Doch trotz allem war die Versorgung der Bevölkerung schlechter als zu Kriegszeiten, und insbesondere die Knappheit an Arzneimitteln forderte ihren Tribut.

Aber das waren nur die sichtbaren Äußerlichkeiten, denn die *Minnow* war endgültig zum reinen Testboot geworden und würde nie wieder in den regulären Flottendienst zurückkehren. Ihr war das Los bestimmt, auch künftig weiterhin ständig umgebaut zu werden, um als Versuchsplattform für neue Technikbereiche der Atom-U-Boote herzuhalten, die in Anbetracht der politischen Großwetterlage so sicher kommen würden wie das Amen in der Kirche.

Ich blickte von der Flosse herab auf das wirbelnde Wasser des Schwimmdocks. Noch wurde das Boot durch die Festmacher sicher in der Mitte des Beckens gehalten, aber ich spürte bereits an den leichten Bewegungen unter meinen Füßen, dass die *Minnow* schon aufgeschwommen war. »Pünktlich auf die Minute!«, stellte ich nach einem kurzen Blick auf die Uhr fest.

»Damit wäre ja auch der Feierabend gerettet, und ich komme wenigstens nicht zu spät zu dem Umtrunk in der Messe des Stützpunkts.«

»Wer gibt denn einen aus?«

»Stone feiert seine Beförderung zum Commander«, sagte Mertens, wobei ein amüsiertes Lächeln um seine Mundwinkel spielte. »Noch ist nämlich überhaupt nicht raus, was für ein Kommando er eigentlich bekommen wird.«

»Der übliche Flurfunk meldet, er wechsle die Seiten und ginge zur U-Jagd.«

»Unverhofft kommt oft. Oder wie muss ich das verstehen?«, fragte Willy.

»So überraschend finde ich das gar nicht«, bekannte ich. »Auf den Zerstörern wurden im Krieg nicht gerade wenig Reservisten eingesetzt, auch unter den Offizieren. Da besteht im Personalbereich Nachholbedarf, und jemand mit U-Boot-Erfahrung ist in diesem Aufgabenbereich ja auch nicht ganz verkehrt.«

»Da wünsche ich ihm alles Gute«, sagte Willy, doch ich bezweifelte, ob er das ehrlich meinte. »Mit dreihundert Mann Besatzung statt fünfzig wird er sich ganz schön umstellen müssen.«

»Wart's ab, in einem Jahr wirst du auch zum Commander gemacht.«

»Daran glaube ich erst, wenn es wirklich so weit ist. Und wie ist es mit dir? Hegst du Hoffnungen, irgendwann Captain Arne Thomsen USNR zu werden?«

Rangfragen waren ein beliebtes Thema eines jeden Militärs. Obwohl wir beide eigentlich bei Electric Boat Zivilangestellte waren, bekleideten wir den Rang von Reserveoffizieren. Die Navy wiederum besaß reihenweise Offiziere, die eher technische Aufgaben oder Verwaltungsfunktionen wahrnahmen, aber mit dem Bereich der eigentlichen Schiffsführung nichts am Hut hatten. Rickover etwa war als Techniker so ein typisches Beispiel. »Nein, Willy, darauf spekuliere ich nun wahrlich nicht.«

Mertens spähte ins Wasser. »Gleich ist es so weit!«

Auch ich hatte registriert, dass die Wirbel weniger geworden waren. Auf dem Laufgang des Docks bewegten sich einige Werftarbeiter, von denen einer mir zuwinkte. »Bereit für die Docköffnung?«

»Wir werfen die Maschinen an«, rief ich zurück und beugte mich über das Sprachrohr. »Maschinen Achtung!«

Beinahe sofort sprangen die Diesel an und erfüllten das Dock mit ihrem Motorengedonner. Eine knallende Fehlzündung ließ eine große schwarzgraue Rauchwolke aufsteigen.

Mertens schüttelte den Kopf. »Nummer Drei haben sie also immer noch nicht hinbekommen.«

»Da wird der Chief sicher seine helle Freude haben«, bemerkte ich sarkastisch und schaute kurz nach achtern, aber der Diesel hatte seinen Rhythmus gefunden und nagelte fröhlich mit seinen drei Kameraden vor sich hin. Ein U-Boot wirkt im Trockendock, ungeachtet seiner tatsächlichen Größe, immer gigantisch. Doch nun, nachdem die *Minnow* wieder schwamm, waren die Relationen ins Normale zurückgekehrt. Mit einem Blick auf das Vordeck überzeugte ich mich davon, dass der Bootsmann mit seinen Leuten bereitstand. Ich gab den Werftgrandis ein Handzeichen und rief hinüber: »Wir können, Tor auf!«

Mit einem metallischen Knirschen schwangen die beiden schweren Stahlflügel des Tors auf. Erneut kam etwas Bewegung ins Wasserbecken und das Boot bewegte sich unruhig, als könne es den Ozean bereits spüren.

Das grüne Licht flammte auf und zeigte an, dass

der Weg frei war. »Kleine Fahrt voraus!«, befahl ich und peilte etwas über die Dockkante. »Backbord fünf!« Der runde Bug schwenkte leicht aus. »Alle Leinen ein!«

Im Grunde war es ein einfaches Manöver, schließlich mussten wir uns ja nur langsam voraus durch das geöffnete Tor ausdocken. Aber da niemand wusste, wie der neue Bug sich verhielt und der Rudergänger in der Zentrale zudem blind fuhr, galt es, höchste Vorsicht walten zu lassen. »Recht so! Mittschiffs!«

Langsam ertastete sich die *Minnow* ihren Weg nach draußen, so als sei es das U-Boot selbst, das sich erst wieder zurechtfinden musste. Aber dann passierte das Heck die Tore, und ich atmete auf. »Nun ein großer Bogen und ab an die Ausrüstungspier.«

Mertens schob sich nach vorne. »Ich übernehme dann!«

»Geht klar!« Zufrieden studierte ich das Boot. All die neue Technik würde in See zeigen müssen, was sie konnte, doch bis es so weit war, ging die *Minnow* erst einmal für eine Woche an die Ausrüstungspier, um all die Dinge zu übernehmen, die sie in See zum Überleben brauchte.

»Halbe Fahrt voraus!« Per Augenmaß schätzte Willy die Entfernung zum nächsten Schiff ab. »Backbord zehn!«, ordnete er an. »Ich gehe besser außen um den Burschen herum.«

»Vorsicht ist die Mutter der Porzellankiste.«

»Richardson hat mir übrigens bedeutet, dass ich mit auf die Erprobungen gehen soll.«

Das erstaunte mich nun doch etwas. »Wie das? Normalerweise reicht doch einer von uns beiden aus.«

»Sollte man meinen, aber der Boss will offenbar, dass ich Erfahrung speziell mit dem neuen Sonar sammle.«

»Hört sich an, als habe er sich dabei was gedacht. Allerdings gehe ich nicht davon aus, dass er uns beide gleichzeitig einsetzt, nur um ein weiteres Anschwellen meines Überstundenkontos einzugrenzen.«

»So schlimm?«, fragte Willy, keinesfalls ernstlich besorgt.

»Noch schlimmer! Da sind bei mir mehr Stunden drauf als Dollar auf meinem Bankkonto!«, verkündete ich, und dann prusteten wir beide vor Lachen los.

* * *

Eine Stunde später kehrte ich von der Ausrüstungspier zurück ins Büro. Das, was dort für heute noch zu erledigen war, schaffte Mertens spielend ohne mich, zumal ihm auch noch Bains und Michaels zur Verfügung standen.

Mit den Gedanken immer noch bei dem Boot, öffnete ich den Panzerschrank und angelte ohne hinzusehen nach dem *Minnow*-Ordner. Der Griff ging ins Leere, und ich erschrak bis ins Mark meiner Seele. In fliegender Hast kontrollierte ich die anderen Ordner, um sicherzugehen, dass ich ihn nicht nur einfach aus Versehen falsch eingeordnet hatte. Doch im Tresorraum war einfach kein *Minnow*-Ordner. Kalte Schweißperlen traten mir auf die Stirn. Hatte der unheimliche Spion erneut zugeschlagen oder hatte ich nur schlicht vergessen, das Ding ordnungsgemäß wegzuschließen?

Mit klopfendem Herzen wühlte ich die Berge auf meinem Schreibtisch ergebnislos durch und machte mich danach an die Inspektion der Regale mit den nicht-geheimen Unterlagen. Ein Stoßseufzer der Erleichterung entfuhr mir, als ich das gesuchte Stück dort schließlich ziemlich weit unten entdeckte. Mir selbst fiel kein einleuchtender Grund ein, warum ich die Akte ausgerechnet dorthin gestellt haben könnte, doch ich tröstete mich mit dem Gedanken, dass es wohl auf Gottes schönem Erdboden niemanden gab, der nicht schon mal was verlegt hatte. Ewig ihre Sehhilfen suchende Brillenträger wie mein Großvater fielen mir ein. »Kein Grund zur Panik!«, redete ich mir selbst ein.

Ich setzte mich an meinen Schreibtisch, schlug den Ordner auf und blätterte ihn systematisch durch. Alles war in der richtigen Reihenfolge da, und nichts deutete darauf hin, dass irgendwer sich unbefugt daran zu schaffen gemacht haben könnte. Kein Grund zur Panik!

Ein blonder Schopf, der durch die spaltbreit geöffnete Bürotür zu mir hereinschaute, riss mich aus meinen Gedanken.

»Entschuldigung, Sir, aber ich bin eigentlich auf

der Suche nach Commander Mertens. Wissen Sie, wo der steckt?«

Glynis! Glynis Wayne, Mertens technische Zeichnerin. »Willy kümmert sich um die *Minnow*, aber ich kann ihm gern etwas ausrichten, sobald er zurückkommt.«

»Danke, Sir. Bestellen Sie ihm einfach nur, dass ich vorbeigeschaut habe.«

Ich lächelte ihr zu. »Mach ich.«

»Nochmals danke, Sir!« Der Kopf verschwand.

Ich beschloss, es mit meinem Problem seine Bewandtnis haben zu lassen, denn eine andere vernünftige Erklärung, als dass ich einfach nur schusselig gewesen war, gab es nicht. Hätte ein Spion, auf welche mir völlig rätselhafte Weise auch immer, die *Minnow*-Akte meinem Tresor entnommen, dann hätte er sie anschließend unter Garantie auch dort wieder deponiert.

* * *

Barbecue war wieder einmal angesagt, allerdings nicht in unserem bescheidenen Garten, sondern auf dem imponierenden Grundstück der Richardsons, und dementsprechend illustrer und größer war auch die Zahl der eingeladenen Gäste, zu denen auch Anke und ich zählten.

Captain Rickover kam zielsicher auf mich zugesteuert. »Welch eine Überraschung, Sir«, sagte ich. »Ich wusste gar nicht, dass Sie hier sein würden.«

»Man kann ja schließlich nicht immer nur im Büro hocken und muss auch mal den Kopf lüften. Ist Ihnen eigentlich bekannt, dass ich Jude bin?«

Mit allem Möglichen hatte ich gerechnet, nur nicht mit dieser unverblümt gestellten Frage an diesem Ort und bei dieser Gelegenheit. »Jemand hat es irgendwann mal erwähnt«, sagte ich und wich dem forschenden Blick Rickovers nicht aus. »Und glauben Sie bitte ja nicht, bloß weil ich aus Deutschland stamme, sei ich automatisch ein Judenhasser. Beileibe nicht alle Deutschen waren so verblendet, diesen politischen Wahn zu teilen.« Ich kam nicht mehr dazu, das Thema zu vertiefen, weil CIA-Agent Smith zu uns über den Rasen geschlendert kam. Zu meiner Überraschung schüttelte er Rickover fast wie einem guten alten Freund die Hand, bevor ich an die Reihe kam. »Ach, Sie kennen sich?«

»Special Agent Smith versorgt uns gelegentlich mit Informationen darüber, was der russische Schiffsbau so macht, und kennt zudem auch etliche Leute beim FBI.«

»Ob ich von Hoovers Truppe was Neues wegen Ihres Spions gehört habe, brauchen Sie mich nicht zu fragen, da dem nicht so ist«, erklärte Smith. Als er den erschrockenen Ausdruck auf meinem Gesicht sah, fügte er hinzu: »Keine Bange, Captain Rickover kennt die Geschichte, genauso wie die Sache mit dem Gespenster-U-Boot.«

»Das aber bestimmt keine Halluzination ist, Sir. Ich gehe immer noch davon aus, dass die Russen ein

U-Boot vor der Küste operieren lassen, das unsere Tests beobachtet.«

»Nur der Beweis dafür lässt sich nicht antreten«, konstatierte Rickover. »Aufspüren lässt sich das Boot nicht, und in Anbetracht der Größe des Aufenthaltsraums in See bräuchten Sie dafür eine wahre Sucharmada, um eine winzige Chance auf Erfolg zu haben. Ohne dass das Boot aktiv was von sich aus unternimmt, können Sie nicht Jagd darauf machen. Folglich kann es sich ungehindert rumtreiben. Das Einzige, was so ein Boot letztlich zwingen kann, unsere Küste wieder zu verlassen, wäre Treibstoffmangel. Ein echt spannendes Thema, wie ich finde.«

Mir war klar, worauf er anspielte. Einem Atom-U-Boot würde sich dieses Problem nicht stellen. Es konnte buchstäblich unter der Nase einer fremden Marine operieren, quasi bis dem Smut die Makkaroni ausgingen. Allerdings waren die Zeiträume, für die sich Proviant mitführen ließ, um ein Mehrfaches höher, als dies bei Diesel der Fall war. »Sie sagen es, Sir, und deshalb verstehen Sie sicher auch die Sorgen, die ich mir wegen dieses Spionage-U-Bootes mache.«

»Und ob!«, bekannte Rickover und wandte sich wieder Smith zu. »Die Jagd auf Commander Thomsens Spion ist Ihnen da vermutlich lieber?«

Smith schüttelte den Kopf. »Nein, das ist Sache des FBI. Es hat bisher intensiv die Lebensläufe aller unter die Lupe genommen, die in irgendeiner Weise Zugang zu Thomsens und Mertens Gemeinschaftsbüro gehabt haben könnten. Angefangen bei Ihnen, Arne.«

»Und wurde was dabei ausgegraben?«

»Nein, nichts, was Sie uns nicht schon selbst erzählt hätten. Auch sonst fand sich nichts sonderlich Ergiebiges. Mertens war mal mit einer Frau verlobt, die in Königsberg lebte, bevor die Stadt an die Russen fiel. Eine der Beschäftigten im Konstruktionsbereich von Electric hatte einen früheren Freund, der marxistisches Gedankengut verbreitete. Bei einem Maschineningenieur der Bootscrew wurde herausgefunden, dass er aus Polen stammt. Doch was besagt das schon groß? Captain Rickover wurde zum Beispiel ebenfalls in Polen, in der Woiwodschaft Masowien, geboren.«

»Das wusste ich nicht.«

»Ich war fünf Jahre alt, als meine Eltern 1905 in die USA gingen, wobei ich vielleicht hinzufügen sollte, dass meine Mutter eine deutsche Jüdin war, deren Mädchenname auf Unger lautete«, berichtete Rickover. »Man muss Amerikaner sein, um zu glauben, dass es *den* Amerikaner überhaupt gibt.« Er blickte in die Runde. Überall standen Leute und unterhielten sich, während von dem Grill, den größten seiner Art, den ich bisher gesehen hatte, bereits leckere Duftschwaden ausgingen. »Doch finde ich es ungemein wichtig, dass es *die* Amerikaner gibt. Die Russen sprangen mit uns Juden nämlich auch nicht sehr viel freundlicher um als die Deutschen, nur eben schon fünfundzwanzig Jahre früher. Da war es eine feine Sache, dass es irgendwo Leute gab, die einem die Türen aufmachten und einen nicht partout in Lager schicken wollen.«

»Seien Sie vorsichtig mit dem, was Sie jetzt dazu sagen, Commander«, meinte Smith augenzwinkernd. »Schließlich haben Sie und Ihre Familie ja auch die amerikanische Staatsbürgerschaft erhalten und gehören jetzt dazu.«

Ich blickte zu Boden. »Sie werden es mir vielleicht nicht abnehmen, Captain, aber die meisten Deutschen haben von diesen entsetzlichen Dingen, die in den KZs geschahen, auch erst nach dem Krieg erfahren. Und diejenigen, die darüber Bescheid wussten, zogen es vor zu schweigen.« Ich musste meinen Mut zusammennehmen, um ihm wieder offen in die Augen zu sehen. »Es klingt schwach, ich weiß.«

Mit nunmehr leicht schief geneigtem Kopf musterte mich Rickover ziemlich lange und nachdenklich, bevor er »stimmt!« sagte. »Das spricht aber dafür, dass Sie mich nicht ankohlen, denn sonst hätten Sie sich was Besseres ausgedacht. Und jetzt, Gentlemen, entschuldigen Sie mich bitte, denn ich sehe da eben noch jemanden, dem ich guten Tag sagen möchte.« Er drehte sich um und ließ uns einfach stehen.

»Was sollte das denn nun?«, fragte ich Smith irritiert.

»Ich würde meinen, er findet Sie sympathisch, wollte das aber nicht zeigen. Aber wer weiß das schon genau bei ihm?«

Ich seufzte. »Tja, wer kennt schon einen Menschen wirklich«, meinte ich leicht melancholisch. »Und was ist Ihrer Meinung nach von den bisherigen Ermittlungsresultaten des FBI zu halten?«

»Hoover und dessen Jungs sind wirklich paranoide Kommunistenjäger, aber nicht einmal die haben faktische Anhaltspunkte gefunden, um daraus einen begründeten Verdacht ableiten zu können. Gut, die eine technische Zeichnerin war mal zwei Jahre lang mit einem Burschen liiert, den kommunistische Anwandlungen beseelten, doch selbst das liegt fast drei Jahre zurück.«

In meinem Hinterkopf machte es bei der Berufsbezeichnung technische Zeichnerin ganz plötzlich klick, nachdem Smith zuvor nur ganz allgemein eine Beschäftigte im Konstruktionsbereich erwähnt hatte.

»Insgesamt«, fuhr der CIA-Mann währenddessen fort, »arbeiten in dem Gebäude mehr als dreihundert Personen, die theoretisch die Gelegenheit gehabt haben könnten, bei einer günstigen Gelegenheit in Ihr Büro zu marschieren, ohne groß aufzufallen, und – vorausgesetzt der Kenntnis der Zahlenkombination des Tresorschlosses – Unterlagen abzufotografieren. Das bisherige Verhalten des Spions in den Reihen von Electric Boat zeugt davon, dass er höchste Vorsicht walten lässt, und ich fürchte, es wird verdammt schwer werden, den Kerl zu entlarven, bevor er noch mehr Schaden angerichtet hat.«

Mir wurde bei diesen Worten gleichzeitig heiß

und kalt. Die technische Zeichnerin, deren Namen Smith nicht genannt hatte, war vermutlich Glynis, Willy Mertens angeblich ein bisschen prüder Schwarm …

* * *

Die Vorbereitungsphase für das Auslaufen der *Minnow* war in ihr Endstadium getreten, und ich hatte mächtig viel um die Ohren, zumal Willy Mertens für einen zweitägigen Abnahmetest mit einem Umbau draußen in See war. Ich kniete mich noch mehr als sonst in die Arbeit rein, um mir nicht dauernd den Kopf über den schrecklichen Verdacht, den ich hegte, zerbrechen zu müssen. Doch meine Gedanken kehrten immer wieder zu dem Fall zurück. Irgendwie tat ich mich mit der Vorstellung schwer, dass die hübsche Blondine, die ab und zu mal bei mir im Büro nach Willy gefragt hatte, eine Spionin sein sollte. Doch äußerlich sah man natürlich niemandem an, ob er ein Schnüffler war. Doch falls sich Glynis das eine oder andere Mal während meiner Abwesenheit tatsächlich an meinem Tresor zu schaffen gemacht haben sollte, dann musste sie auch die Zahlenkombinationen des Türschlosses gekannt haben. Und die konnten nur aus einer Quelle stammen: von Willy Mertens. Schließlich saßen wir oft genug gemeinsam in unserem Büro zusammen. Mich dabei zu beobachten, wie ich den Panzerschrank öffnete, und sich die entsprechenden Zahlen zu merken war für ihn ein

Leichtes. Vom denkbaren Ablauf her erschien dies absolut plausibel und ergab trotzdem keinen Sinn, denn warum hätte Willy so etwas tun sollen?

An sich wäre es nun geboten gewesen, mit Smith darüber zu reden, und ich hätte das auch getan, wenn es nicht ausgerechnet um meinen Freund Mertens gegangen wäre. Gemeinsam waren wir durch dick und dünn gegangen, hatten auf U 2532 kurz vor »Toresschluss« an dem verzweifelten Himmelfahrtskommando vor dem finnischen Hafen Hanko teilgenommen und waren nach der Kapitulation zusammen in Kriegsgefangenschaft gegangen. Es gab einfach zu viel, was wir miteinander geteilt hatten, und ich wollte daher das Naheliegende nicht glauben. Das direkte Gespräch mit Willy darüber zu suchen ging nicht, da der im Moment als Testkommandant draußen in See war.

* * *

Die Sonne schob sich gerade erst wie ein roter Ball über den Horizont, und der größte Teil des Werfthafens lag immer noch in Schlummer. Der Grund, so früh auszulaufen, war einfach der, dass unser Testplan für zehn Uhr die Aufnahme der Tests vorsah und wir mindestens vier Stunden benötigen würden, um das Übungsgebiet zu erreichen. Es wurde Zeit. »Maschine kleine Fahrt voraus! Alle Leinen ein bis auf Vorspring!« Am Heck wirbelte etwas Wasser auf, und das Boot schob sich in die Vorspring. Triefend hob sich die Trosse aus dem Wasser, als Zug auf die Kardeele kam. »Ruder Backbord zehn!«

»Das könnte etwas knapp werden«, meinte Lieutenant Michaels.

»Hauptsache nicht zu eng«, erwiderte ich. Vorwärts abzulegen ging schlecht, denn da lagen zwei alte Gatos im Päckchen. Im Geiste zählte ich die Sekunden mit, während unser Heck wie eine Türangel von der Pier wegschwang. »Maschine stopp!«

Das Drehmoment ließ uns noch etwas weiter ausschwingen. »Kleine Fahrt rückwärts! Ruder mittschiffs!« Ich beugte mich über die Brüstung der Flosse. »Vorspring ein!«

Die Drehung kam zum Stillstand, stattdessen begann das Boot sich langsam rückwärts zu bewegen, und die zuvor so straff gespannte Vorspring fiel ins Wasser zurück, um von den Seeleuten in aller Eile eingeholt zu werden. »Hart Steuerbord!«

Aus dem Sprachrohr kam Mertens Bestätigung. »Ruder liegt hart Steuerbord.«

Das Vorschiff drehte von der Pier und den beiden Gato-Booten weg. Zeit, wieder umzukuppeln. »Maschine stopp!« Mit einem raschen Blick vergewisserte ich mich, dass die Trosse eingeholt worden war, da ich ganz schön dumm ausgesehen hätte, würde ich mir das Ding um die Schrauben gewickelt haben. »Kleine Fahrt voraus! Ruder mittschiffs.« Ich plierte kurz über die Kompasstochter. »Passt«, stellte ich zufrieden fest. »Mit dem Wagen rückwärts auszuparken fällt mir immer noch weitaus schwerer.«

Der Lieutenant grinste. »Den Autoführerschein haben Sie ja auch erst vergleichsweise kurz.«

»Das stimmt nun auch wieder. Mein WO-Patent stammt sogar noch aus der Zeit vor dem Krieg, und zu einem Auto hätte es bei mir nicht gereicht.« Ich richtete meine Augen zum Bug, doch zwischen uns und der Ausfahrt lag nun nichts mehr als die Brühe des Hafenwassers, auf dem große Ölflecken im Morgenlicht schillerten.

»Im Radio hatte neulich einer der Bosse von General Motors eine interessante These aufgestellt, Commander. Er behauptete, in fünfzehn Jahren werde jede zweite Familie ein Auto haben.«

»Es hat schon was Erstaunliches, mit welchem Tempo unsere Welt sich wandelt!«

* * *

Im ersten dreitägigen Teil unseres Erprobungsprogramms waren Tauch- und Geschwindigkeitstests mit dem neuen Bug angesagt. Bei den Sonartests spielte das U-Boot *Odax* für uns Sonarziel, und einmal mehr wurde uns klar, wie weit sich die Technik bereits von den Booten, die wir im Krieg gekannt hatten, fortentwickelt hatte. Die *Minnow* war zwar nach wie vor ein traditionelles dieselelektrisches Boot, wie eben auch schon die deutschen Typ-XXI-Boote, aber es waren die Einsatzmöglichkeiten, die den entscheidenden Unterschied ausmachten. Torpedos führten wir dieses Mal keine mit, doch deren bedurfte es nicht, um sich dennoch den Ablauf eines Angriffs der *Minnow* mit ihnen auf einen Geleitzug vorzustellen. Das neue Sonar konnte nicht nur einen Konvoi auf große Entfernung erfassen, sondern machte es gar nicht mehr notwendig, überhaupt noch auf Sehrohrtiefe zu gehen, denn die Niederfrequenzkurven waren so eindeutig wie ein Fingerabdruck. Als Kommandant würde ich zu jedem Augenblick wissen, welche Fahrzeuge wo an der Oberfläche unterwegs waren, ohne selbst dafür die schützende Tiefe verlassen zu müssen.

Über sechzehn Knoten Geschwindigkeit bei Tauchfahrt würden nicht nur genügen, um jedes Geleit einzuholen, sondern auch ausreichen, um die kleineren Geleiter, falls man entdeckt wurde, abzuhängen. Und die großen Zerstörer würden, wenn sie mit dieser Geschwindigkeit hinterher wollten, in ihrem Sonar nur noch den eigenen Motoren- und Schraubenlärm erfassen, aber nicht mehr die *Minnow*. Uns hingegen brächte der von den Frachtern ausgehende laute Geräuschpegel allemal sicher ans Ziel.

Darauf, auf Sehrohrtiefe zu gehen, um die Aale abzufeuern, konnte man verzichten und sich jene kritischen Minuten ersparen, in denen der Sehrohrkopf vom gegnerischen Radar erfasst werden konnte, in einer Phase, da man sich dicht unter der Oberfläche befand, in einer Tiefe, für die die Wasserbomben und Hedgehogs der Geleiter allenfalls Sekunden brauchten, um das Boot zu erreichen, oder bei der die Gefahr bestand, dass der stählerne Kiel eines mächtigen Zerstörers dem Boot ein schnelles, brutales Ende bereiten konnte. All diese Risiken gehörten der Vergangenheit an. Die *Minnow* würde in der Lage sein, ihre Aale aus mehr als zweihundert Fuß Tiefe abzufeuern, ohne deswegen mit der Geschwindigkeit heruntergehen zu müssen – bei sechzehn Knoten bedeuteten sieben Sekunden eine zurückgelegte Wegstrecke von knapp sechzig Metern. Das mochte nach nicht sonderlich viel klingen, aber wenn man den kritischen Radius einer schweren Wasserbombe bedachte, der nur halb so groß war, können sechzig Meter eine Welt bedeuten. Stellte man zudem in Rechnung, dass jeder Jäger bereits zuvor den Kontakt zur *Minnow* verlieren würde, und berücksichtigte zudem, dass es mit den zielsuchenden Torpedos gar nicht mehr notwendig war, geradewegs auf das Ziel zuzusteuern, wurde einem bewusst, was möglich geworden war. Als Kommandant war es mir gegeben, einen Fächer zu feuern, während das Boot bereits mit Hartruder abdrehte.

Dieses Szenario war beeindruckend und erschreckend zugleich, weil es aufzeigte, dass jeder zukünftige Krieg um ein Vielfaches effizienter und damit nochmals gesteigert unmenschlicher verlaufen würde. Da blieb nur inständig zu hoffen, dass dieser Ernstfall niemals wieder eintreten möge.

Während wir unsere Testreihen abspulten, war das Sonar natürlich rund um die Uhr besetzt, aber auf dessen Anzeigen tat sich nichts, das darauf hindeutete, dass es einen unerwünschten Unterwasser-Beobachter russischer Provenienz gab.

Willy versah seinen Dienst wie gewohnt vorbildlich und immer mit einer Spur von Unbekümmertheit, die zu seinem Wesen gehörte. In der Enge des Bootes hatte sich bislang keine Möglichkeit ergeben, ungestört unter vier Augen miteinander zu reden, und mit jeder weiteren Stunde, die verging, erübrigte sich das auch mehr und mehr. Der reine Sachverstand hatte die Oberhand über meine Gefühle für den alten Freund gewonnen. Ich verspürte eine ohnmächtige Wut über mich selbst, weil ich mich über Jahre hinweg derart in einem Menschen hatte täuschen können.

* * *

Mittlerweile war mir auch klargeworden, warum dieses ominöse russische U-Boot nicht am ersten Teil unseres Testprogramms als heimlicher Beobachter teilgenommen hatte. Wozu auch? Wir hatten selbst einen Spion an Bord, der sehr viel bessere Detailinformationen über die jeweiligen Ergebnisse würde liefern können.

Für das, was nun nachfolgen sollte, benötigten wir allerdings, um Genaueres über die tatsächliche Reichweite des neuen Sonarsystems herauszufinden, Blauwasser, da die Tiefen in unserem angestammten und auch als solchem ausgewiesenen Testgebiet nur bis maximal vierhundert Fuß reichten, zumeist aber eher bei zweihundert Fuß lagen, wodurch Sonarmessungen durch Echos vom Grund behindert wurden und nur bedingt aussagefähig waren. Nachdenklich studierte ich die Seekarte. Am Angebrachtesten erschien mir, ein gehöriges Stück weiter raus nach Norden zu gehen, auch wenn das einen knappen Tag Anmarsch bedeutete. Ich tippte mit dem Zeigefinger auf das von mir ins Auge gefasste Gebiet und fragte den Navigationsoffizier: »Was halten Sie denn von der Ecke?«

»Keine schlechte Wahl, Sir. Ich war da auch schon mal vor geraumer Zeit, mit felsigen Untiefen oder ekelhaften Strömungen ist dort nicht zu rechnen.«

»Na, dann ist ja alles klar! Stecken Sie einen Kurs ab, und auf geht's!«

Willy, der gerade von Michaels abgelöst worden war, reckte neugierig den Hals. »Wo soll's denn hingehen?«

»In einen richtig schönen Tiefwasserbereich«, eröffnete ihm der Pilot und deutete auf das Gebiet, das ich ausgesucht hatte.

»Da kann unser Sonar mal beweisen, was es an Reichweite drauf hat.«

Mir war, als zucke Mertens für die Winzigkeit eines Augenblickes ganz leicht zusammen, bevor er betont gleichmütig meinte: »Ein wenig abgelegen zwar, aber wenn's der Sache dient ...« Damit ließ er es bewenden und stiefelte davon.

»Der Commander hat wohl gehofft, er käme früher wieder heim und könne zum Wochenende die Puppen tanzen lassen«, gab der Pilot als Kommentar zu diesem Abgang zum Besten. »Das Los eines Seemanns ist manchmal schon hart«, lästerte er.

»Sie sagen es«, meinte ich gutmütig. »Trotzdem sollten Sie jetzt den Kurs abstecken, damit wir uns auf die Socken machen können.«

Der Marsch erfolgte den Batterien zuliebe an der Oberfläche, und wir erreichten das neue Gebiet am Vormittag des nächsten Tages. Die Luken wurden dichtgemacht, Wasser schoss in die Zellen, als Mertens das Boot abkippen ließ.

»Sechzig Fuß gehen durch!«, bekam ich angesagt.

»Auf zweihundert Fuß gehen!« Mein Blick auf den Kompass erfolgte automatisch. »Steuerbord zehn, wir gehen auf null-neun-null, genau Ost!«

Für ein paar Augenblicke herrschte noch immer das normale Durcheinander des Tauchmanövers, aber als das Boot die befohlene Tiefe erreichte und ich das leichte Nicken unter meinen Füßen spürte, war schon wieder Ruhe eingekehrt.

»Zweihundert Fuß«, meldete Mertens, als die *Minnow* die befohlene Tiefe erreicht hatte. »Kurs genau Ost.« Willys Gesicht war völlig ausdruckslos.

»Umdrehungen nun für vier Knoten. Commander, Sie übernehmen«, sagte ich förmlich, wie das bei Einsätzen an Bord Usus war, »und ich bin dann mal beim Sonar.«

Leise und langsam schlichen wir durch die Tiefe. Da wir selbst kaum Geräusche verursachten, sollte auch das Sonar seine maximale Wirksamkeit entfalten können.

Der Sonarbeobachter saß an seinem Pult und kontrollierte den Schirm. Ein paar kleinere Zacken zeigten Geräusche auf verschiedenen Frequenzen aus unterschiedlichen Richtungen an. »Viel scheint hier in der Umgebung ja nicht los zu sein«, stellte ich fest.

Der Mann tippte mit dem Zeigefinger auf seinen Schirm. »Der Darstellung nach dürfte dies ein uralter Frachter sein, der sogar noch von einer Expansionsdampfmaschine angetrieben wird.«

»Abstand?«

»Da kann ich zwar nur schätzen, Sir, aber knapp zwanzig Seemeilen dürften es schon sein.«

Ich pfiff durch die Zähne. »Oha! Ins Sehrohr würde ich den nicht kriegen, sondern müsste den Radarmast ausfahren.«

»Wollen Sie näher ran? Wäre interessant zu sehen, wie sich die Kurven entwickeln.«

Ich gab mir Mühe, mir meine Ahnungslosigkeit nicht anmerken zu lassen. Theoretisch wusste ich zwar über die modernen Sonarfunktionen Bescheid und wusste als Kommandant die Meldungen, die von dort kamen, einzuordnen, aber das war's dann auch. Feinheiten bei der Bedienung solcher Geräte waren etwas für eigens dafür ausgebildete und geschulte Spezialisten. Niederfrequenzsonar hatte nicht mehr viel mit der alten Horchtechnik und dem Lauschen am Kopfhörer zu tun. Töne auch außerhalb des menschlichen Hörbereichs fanden eine optische Darstellung am Schirm, die zu beurteilen dem Fachmann vorbehalten blieb, zumal in dem Bündel der unhörbaren Töne manche weiter trugen als andere. Vermutlich war es das, was der Sonarbeobachter mit der interessanten Entwicklung der Kurven gemeint hatte. »Machen wir«, stimmte ich seinem Vorschlag zu. »Welche Peilung?«

»Rot, null-vier-null im Augenblick. Der Zossen läuft langsam nach Norden.«

Ich steckte den Kopf aus dem Sonarraum. »Commander Mertens, wir gehen nach Backbord, Tiefe bleibt, neuer Kurs wird null-drei-null! Zehn Knoten!« Als Abfangkurs sollte das reichen.

»Gefechtsstationen?«

Willy nahm wohl an, dass ich vorhatte, einen Übungsangriff zu fahren. »Nein, wir probieren nur was mit dem Sonar aus.«

Minuten verstrichen, die *Minnow* legte sich auf den neuen Kurs und nahm Fahrt auf. Die Kurven auf dem Sonarschirm veränderten sich ein klein wenig. Spannend mochte was anderes sein, doch ich verstand von der Materie auch viel zu wenig. Ich überließ den Sonarbeobachter seiner ganzen Technik und studierte die Karte. Der Kurs, den der Frachter gewählt und der ihn in diese »tote« Ecke geführt hatte, war etwas ungewöhnlich, da die übliche Route hoch nach Halifax um einiges küstenferner verlief und die günstigere war. Aber wie navigiert wurde, war nicht selten auch Ansichtssache.

»Sir!«

»Ja?«

»Ich hab da was Merkwürdiges!«

Sofort war ich wieder bei unserem Sonarbeobachter. Eine neu hinzugekommene kleine Zackengruppe auf seinem Bildschirm zeigte an, dass unser Sonarsystem im Bereich des Frachters noch eine weitere Geräuschquelle erfasst hatte. »Um was könnte es sich dabei handeln?«, fragte ich.

»Schwer zu sagen, Sir, zumal ich über das normale Passivsonar dazu bisher keinen Empfang über Kopfhörer habe.« Er deutete auf seinen Schirm, wo die Ausschläge sich veränderten und vor meinen Augen winzig wurden. »Der Kontakt scheint zu drehen und gelangt damit in einen für uns ungünstigen Winkel.«

»Lässt er sich eventuell einem U-Boot zuordnen?«

»Die Signatur ist zumindest nicht grundlegend anders als die der *Odax* während unseres ersten Übungsblocks.«

»Wo steht der Kontakt?«

»Grün, null-zwei-fünf ungefähr, etwas Steuerbord von dem Frachter.«

Unter der Mütze sträubten sich mir die Haare, während ich machte, dass ich in die Zentrale kam. »Commander Mertens, Gefechtsstationen!« Ich blieb um einen gelassenen, ruhigen Tonfall bemüht. »Wie es scheint, hat unser Sonar gerade ein U-Boot aufgepickt.«

»Das legendäre Gespenst etwa?«

»So ist es!«, sagte ich eisig und maß Willy mit einem kurzen Blick. Er war blass geworden, denn er hatte natürlich begriffen, was das für ihn bedeutete.

Er wirbelte herum und flüchtete regelrecht durch das Schott, wobei ihm die Zentralgasten nur perplex hinterhersahen. Aber dafür hatte ich jetzt keine Zeit. »Mister Michaels, lassen Sie die Männer die Gefechtsstationen beziehen!«

»Kontakt geht mit der Fahrt hoch, Sir!« Die Stimme des Sonarbeobachters klang seltsam gepresst. »Er hält direkt auf uns zu!«

Die Würfel waren demnach gefallen. Der russische Kommandant hatte das Visier hochgeklappt und ging gegen uns vor. Wahrscheinlich kannte er unseren gesamten Testplan, der kein neuerliches Probeschießen mit Torpedos vorsah und hielt uns deshalb für eine leichte, unbewaffnete Beute. »Mister Michaels, drehen Sie auf null-neun-null!«

Das Boot neigte sich auf die Seite, als der XO Ruder legen ließ. Die durch die Röhre hallenden Laufschritte der Männer, die laut fluchend ihre Gefechtspositionen bezogen, würden unter Wasser meilenweit zu hören sein, und das war ganz in meinem Sinne: Der Russe sollte wissen, dass ich seine Herausforderung annahm.

* * *

»Kontakt dreht nach Steuerbord, Sir!«

»Sonar, melden, wenn er querab steht!«

»Aye, aye, Sir!«

Lieutenant Michaels trat zu mir an den Kartentisch. »Sollten wir nicht tiefer gehen?«

Die XXI-Silhouette, die ich zwar nur einen flüchtigen Moment lang im Periskop bei unserer ersten Begegnung mit dem Boot wahrgenommen hatte, stand mir immer noch vor Augen. »Vergessen Sie den Gedanken, Lieutenant, in der Hinsicht ist der andere uns überlegen.« In meinem Kopf nahm das Bild aus Peilungen, Kursen und Wassertiefen Form an. »Momentane Tiefe, Pilot?«

»Dreihundert Faden, Sir.«

»Entfernung bis zur Fünfhundert-Fuß-Linie?«

»Mindestens zehn Meilen, Sir.« Der NO zupfte an seinem Ohrläppchen herum. »Das ist nicht gerade wenig, oder verdammt weit, je nachdem, Sir.«

Damit hatte er recht, und ich ließ diesen Gedanken prompt wieder fallen. »Sonar, gehen Sie auf Aktiv!«

»Sir, dann hat er uns aber unter Garantie.«

»Der hat uns auch so schon. Wie peilt er jetzt?«

»Grün, null-sechs-fünf, Sir, und ich glaube, er wird langsamer.«

Ich dachte blitzschnell darüber nach, was seine Optionen waren. Dreihundert Faden Wassertiefe, umgerechnet tausendachthundert Fuß, gaben ihm mehr als genügend Raum nach unten. Die Gefechtstauchtiefe des Typs XXI reichte, wie ich aus eigener Erfahrung wusste, unter Umständen bis annähernd neunhundert, tausend Fuß. Die *Minnow* war allenfalls für die Hälfte gut. »Achten Sie darauf, ob er tiefer geht. Könnte sein, dass er versucht, dann hinter uns zu kommen.« Jenseits des taktischen Verhaltens, gab mir dieses U-Boot ein paar Rätsel auf. Weshalb hatte es nicht einfach stiekum das Weite gesucht, als die *Minnow* aufkreuzte?

»Sir, das Boot flutet seine Rohre, ich kann hören, wie es die Klappen öffnet.«

Die Gewissheit, dass der Russe uns tatsächlich unter Beschuss zu nehmen gedachte, empfand ich beinahe als Erleichterung, denn Zweifel in irgendeine Richtung konnte es damit keine mehr geben. »Melden Sie mir trotzdem, wenn er querab kommt.«

»Wir haben keine Torpedos geladen, Sir«, glaubte Michaels mich erinnern zu müssen.

»Weiß er das?« Ich lächelte, obwohl ich das Gefühl hatte, mein Gesicht sei eingefroren. »Fluten Sie die Rohre und öffnen Sie die Klappen. Er soll ruhig akustisch mitbekommen, wie wir uns bereitmachen, das wird ihn vielleicht vorsichtig stimmen.«

Der Sonarmann hob die Hand. »Null-acht-fünf … null-acht-sechs …«

In meinem Kopf begannen die Sekunden herunterzuticken.

»Querab an Steuerbord, Sir!«

»Hart Backbord, E-Maschinen AK!« Ich warf einen kurzen Blick auf den Tiefenmesser. Wir waren nach wie vor auf zweihundert Fuß, was im Augenblick nicht schlecht war.

Das Summen der Schrauben wurde stärker, und die *Minnow* begann sich in die Wendung zu legen, die Zahlen im Kompass fingen an auszuwandern, erst zögernd, dann immer schneller.

»Er geht mit der Fahrt hoch und dreht, ich kann Wasser hören, er flutet seine Tanks!«

Dieses Mal war mein Lächeln echt. »Sehr gut! Halbe Fahrt, und nehmen Sie Ruder zurück auf Backbord fünfzehn!« Der Kreis, den wir gerade fuhren, würde dadurch zwar weiter werden, aber das war in Ordnung, denn ich wollte den Mistkerl erschrecken, nicht rammen.

»Ist das Aktivsonar so weit?«

»Bereit, wenn Sie es sind!«

»Na denn! Pingen Sie ihm die Bude voll!«

Hohl und gespenstisch hallte ein Ping nach dem anderen durch das Wasser ... und traf auf Metall. »Abstand dreitausend Yards, er dreht immer noch, wird schneller und geht tiefer ...« Der Sonarbeobachter hielt verblüfft inne. »Sir, da stimmt was nicht. Laut meinen Anzeigen ist er bei sechshundert Fuß und taucht noch weiter.«

Ich behielt den Kompass im Auge. »Er wird vermutlich sogar runter bis auf tausend gehen. In der Hinsicht ist er uns überlegen.« Wir drehten immer noch zu schnell. »Backbord zehn! Kleine Fahrt! Sonar, Peilungen laufend melden!« Ich schnippte mit den Fingern. »Wo bleibt Mertens? Läufer, schaffen Sie mir den Commander herbei.«

Wenigstens konnte der Russe, da der Bootstyp XXI ausschließlich über Bugtorpedorohre verfügte, nicht auf uns feuern, solange ich mich hinter ihm hielt. Das war immerhin auch schon was.

Der Verschluss einer Pistole knackte. »Ruder mittschiffs!«, befahl Willy Mertens. Mit völlig ruhiger Hand hielt er den Lauf der Waffe auf mich gerichtet, zu allem entschlossen.

Unter meiner Mütze sträubten sich mir die Haare, als ich begriff, dass er nicht davor zurückschrecken würde, mich gegebenenfalls umzulegen. »Du wirst mit uns allen zusammen absaufen, Willy«, stellte ich nüchtern fest. »Ist sie das wert?«

»Glynis?«

Bewusst jede hektische Bewegung vermeidend, deutete ich nur ein leichtes Kopfschütteln an. »Nein, das Mädchen aus Königsberg.«

Seine Pupillen begannen unsicher zu flackern. »Du hast es gewusst?«

»Ich bin nur zu spät darauf gekommen.« Die Männer um uns herum waren zu Salzsäulen erstarrt.

»Nichts wusstest du, rein gar nichts«, sagte Willy ganz leise und klang dabei unendlich traurig. »Du hattest immerhin deine Familie, dein Leben, Arne. Mein Mädchen steckte in Königsberg, als die Russen kamen. Und als das GRU irgendwie herausfand, mit wem es verlobt war, hatte der militärische Nachrichtendienst ein Faustpfand, und ich keine andere Wahl, als mitzuspielen.«

»Kontakt dreht. Rot, null-sieben-null, er dreht weiter.«

Er wollte in unser Heck, genau, wie ich es auch machen würde.

Mir dämmerte eine schreckliche Erkenntnis. Was, wenn das russische U-Boot zielsuchende Torpedos an Bord hatte, Weiterentwicklungen, basierend auf den deutschen Zaunkönigen? In dem Fall brauchte dessen Kommandant nicht mehr abzuwarten, bis wir in Oberflächennähe kamen. Noch fünf Jahre zuvor wären wir auf dieser Tiefe sicher vor jedem Torpedo gewesen, aber die Zeiten hatten sich geändert.

Ich konzentrierte mich wieder auf Willy Mertens. Das Gesicht meines früheren II WO wirkte leer, ausgebrannt. So hatte ich Willy schon mal gesehen, damals, als uns die Nachricht vom Fall Königsbergs erreichte*. »Wie heißt sie eigentlich?«

»Wie?« Die Pistole sank eine Winzigkeit nach unten, als er mich verblüfft anstarrte.

»Wenn wir schon alle für sie absaufen sollen, dann würde ich wenigstens gerne ihren Namen wissen.«

In der Zentrale hielten viele den Atem an. Noch immer hallte das metallische Ping durch das Wasser, wurde von dem anderen U-Boot reflektiert und kam als harter Impuls zurück, aber der Rhythmus wurde ungleichmäßiger, er kam mehr und mehr achterlicher als querab. Der Winkel, in dem unser Sonar den Russen überhaupt noch erfassen konnte, tendierte gegen null.

»Gaby, sie heißt Gaby.« Mertens lächelte verträumt.

»Ein hübscher Name.«

»Ja, und als ich sie damals kennenlernte, war sie Marinehelferin in Königsberg.«

---

* Siehe Erik Maasch: U 2532: Bis zum bitteren Ende

Der Sonarkontakt riss ab. Der Russe musste jetzt die Hälfte seines Kreises um uns herum zurückgelegt haben. Aus den Augenwinkeln heraus registrierte ich, wie ein Maschinenmaat sich unauffällig ein wenig näher an Mertens heranschob, und täuschte einen kleinen Hustenanfall vor, bevor ich weiter sprach: »Du wirst mir doch nicht ernstlich verkaufen wollen, dass dies in ihrem Sinne ist, was jetzt hier abläuft!«

»Unsinn, Arne!« Er lachte abgehackt. »Die Fortsetzung des letzten Krieges in Form eines neuen Kalten Krieges haben sie nicht, du nicht und auch ich nicht gewollt. Die politischen Entscheidungen darüber trafen andere höheren Orts.«

Erneut pirschte sich der Maschinenmaat eine Spur weiter an Willy heran. Ich musste ihn durch reden ablenken. »Die Argumentation kapier ich nicht. Ich denke, im Mai fünfundvierzig war erst mal Schluss. Warum bist du dann nicht bei diesem Verein ausgestiegen?«

»Mir wurde angedroht, Gaby würde in ein Gulag nach Sibirien geschickt werden.« Willy sah mich an wie ein waidwundes Tier. »Das hätte sie nicht überlebt.«

»Und deswegen sollen wir jetzt alle draufgehen, damit du ein Held der Sowjetunion wirst, postum, aber immerhin?«, reizte ich ihn weiter.

»Wie kannst du bloß glauben, ich sei ein Sympathisant ...«

Der massive Schraubenschlüssel des Maschinenmaats, der auf Mertens Schädel krachte, setzte dem Redefluss ein abruptes Ende, doch reflexartig drückte Willy noch den Abzug der Pistole durch und ich fühlte, wie eine Art glühendes Schüreisen über meine Rippen fuhr. Instinktiv presste ich die Hand auf meine linke Brustseite, während Mertens bewusstlos zu Boden sackte. Komisch, ich hatte nie wirklich geglaubt, dass er es fertigbringen würde, auf mich zu schießen.

Die Zentrale erwachte wieder zum Leben. »Jemand soll Commander Mertens wegsperren, von mir aus in die Toilette achtern, bis uns was Besseres einfällt.« Mit schlotternden Knien lehnte ich mich gegen den Sicherungsschrank. Meine Augen versuchten, überall zu sein. »Sonar, laufend Kontakt melden.«

Die *Minnow* legte sich in eine harte Wendung und nahm gleichzeitig Fahrt auf. »Michaels, gehen Sie runter auf vierhundert Fuß.« Ich inspizierte rasch meine Wunde, die zwar höllisch schmerzte, doch sich zu meinem Glück nur als Streifschuss herausstellte, der eine blutige Furche entlang meines Brustkorbs gezogen hatte.

»Kein Kontakt, Sir! Er muss irgendwo hinter uns sein.« Die Stimme des Sonarbeobachters überschlug sich fast.

»Gemach, Gemach! Der wird ziemlich bald auf der anderen Seite wieder in ihren Zauberkasten gekrochen kommen.« Die letzte Peilung, bevor wir den Russen verloren, war beinahe an Backbord querab gewesen, und nun drehten wir ausgerechnet auch noch nach Steuerbord. Der Kommandant würde sich natürlich fragen, warum wir ihm gerade demonstrativ unser Heck zuwandten. »Waffenkontrolle: Fluten Sie die Heckrohre und öffnen sie die Klappen.«

Ich konnte mir förmlich das Gesicht des russischen Kommandanten vorstellen, wenn er dies von seinem Sonarraum gemeldet bekam. Selbst wenn ihn über Mertens und die nachfolgenden Spionagekanäle die Information erreicht haben sollte, wir führten keine Torpedos auf dieser Testfahrt mit, so würde er dennoch zu zweifeln beginnen. Bereitete die *Minnow* vielleicht doch gerade einen Torpedoangriff aus den Heckrohren vor – mit den neuen zielsuchenden Aalen?

»Sonar, was tut sich oben?«

»Wenig, Sir. Der einzelne Frachter befindet sich in Rot, null-vier-null, läuft kleine Fahrt.«

Mir wurde zusehends klarer, warum das russische Boot diesen Angriff überhaupt ausgerechnet jetzt und in dieser Situation gegen uns fuhr. Nicht um die weitere amerikanische U-Boot-Entwicklung durch die Versenkung der *Minnow* im wahrsten Sinne des Wortes zu torpedieren, sondern aus Selbsterhaltungstrieb. Der russische Kommandant musste unter allen Umständen verhindern, dass wir eine Positionsmeldung über ihn und den Frachter absetzten, denn wenn die US-Navy die Jagd auf die beiden eröffnete, würde er es nie und nimmer schaffen, ohne seinen Versorger in die heimatliche Basis zurückzukehren.

»Ich hab das Boot wieder!«, verkündete unser Sonarmann regelrecht begeistert. Grün, eins-null-fünf! Es steht immer noch tief.«

Ein paar Männer hatten inzwischen den immer noch bewusstlosen Mertens nach achtern weggeschleppt. Mir war immer noch etwas schwindlig, und ich musste ein paar Mal tief durchatmen, um wieder einen klaren Blick zu bekommen. »Auf Gefechtsstationen, stiller Alarm! Vorbereiten auf Kollision.«

Lieutenant Michaels wurde totenbleich. »Sie wollen ihn allen Ernstes rammen?«

»Er hat gekniffen, weil er annahm, wir hätten doch Torpedos in den Heckrohren. Folglich wird er nun versuchen, weiter herumzukommen, um uns von der Breitseite her zu erwischen und dabei, um sicherzugehen, zwei Aale auf uns abzufeuern.«

»O mein Gott!«, entfuhr es dem Lieutenant. »Wir haben keine Chance.«

»Das glaubt er zumindest! Sonar, wie peilt er?«

»Grün, null-sechs-null!«

Ich konsultierte nochmals den Tiefenmesser. »Dreihundertachtzig Fuß! Lieutenant, Zeit, dass Sie uns wieder auf ebenen Kiel bringen. Dann drehen Sie einen schönen weiten Bogen nach Backbord und halten auf diesen Frachter zu.« Meine Augen klebten an dem Staudruckmesser, der eine Fahrt von sechzehn Knoten und ein bisschen was anzeigte. Die Höchstgeschwindigkeit des Russen lag zwar etwa einen Knoten höher, aber er war damit nicht schnell genug und konnte auch nicht unten in seiner sicheren Tiefe bleiben, sobald er realisierte, wohin wir steuerten, zumal er glaubte, unsere Torpedorohre seien bestückt. Und da der Kommandant unseren Test mit den akustischen Torpedos höchstwahrscheinlich mitverfolgt hatte, würde er sich daran erinnern, dass ich den ersten Aal, der sich als Kreisläufer entpuppt hatte, zunächst dadurch abzuhängen versuchte, indem ich auf Tiefe gegangen war, damit der Wasserdruck ihn zerquetschen würde. Daraus den Rückschluss zu ziehen, dass die bei mir an Bord befindlichen Torpedos nicht tiefer als vierhundert, vielleicht fünfhundert Fuß gehen konnten, war naheliegend. Jenseits von sechshundert Fuß befand er sich in einem sicheren Bereich, weswegen es für ihn logisch war, dass ich bisher noch keinen meiner Torpedos zu ihm auf die Reise geschickt hatte. Doch die Impulse unseres Aktivsonars, die durch das Schwarz der Tiefe hallten, signalisierten ihm, die Jagd ging weiter.

Das Boot richtete sich auf, nur um sich gleich darauf wieder auf die Seite zu legen. »Ruder liegt Backbord zehn, Sir!«

»Danke, XO!« Mit einer unwirschen Handbewegung scheuchte ich unseren SBA* weg, der mit seinen Verbandskasten neben mir aufgetaucht war.

»Er dreht weiter. Ich verliere ihn, er geht wieder hinter unserem Heck durch.«

So also wollte der Russe es machen! »Er wird an Backbord auf Parallelkurs gehen. Melden, wenn er wieder da ist!«

---

* SBA: Sick Bay Attendant – Sanitäter im Unteroffiziersrang

»Wieso macht er das?«, fragte Michaels, der sämtliche Anzeigen mit Argusaugen kontrollierte.

»Er gedenkt zunächst mit uns etwa zweihundert bis dreihundert Fuß tiefer mitzulaufen, und er wird den Teufel tun und sich in unserem Hecksektor herumdrücken, weil er glaubt, unsere Heckrohre seien geladen und wir würden mit der Hand am Knopf nur darauf warten, dass er wieder hoch genug kommt, um ihm ein Ding zu verpassen!« Ich setzte ein Grinsen auf. »Die Russen mögen zwar über die besten Schachspieler der Welt verfügen, allerdings nicht unbedingt bei den Partien, die unter Wasser gespielt werden.«

Die Sekunden verstrichen, das Ruder wurde zurück mittschiffs gelegt, und unser Bug schwenkte langsam auf den Frachter ein. Es würde ein paar Minuten dauern, bis der Russe wieder auftauchen würde, hoffentlich an Backbord, denn darauf hatte ich gerade unser aller Leben verwettet.

* * *

»Ich habe ihn wieder. Rot, eins-null-fünf! Tief, und er läuft hohe Fahrt.« Der Sonarmann klang so erleichtert, wie ich mich fühlte. Der Russe hatte das Rennen also aufgenommen. Er war zwar eine Spur schneller als wir, aber das half ihm wenig, wenn er davon ausging, ich würde sein Versorgungsschiff eliminieren, das mit gemächlichen sieben Knoten hinaus aus den amerikanischen Hoheitsgewässern dampfte. Der Frachter war für ihn der wunde Punkt, denn wenn sein Versorger ausfiel, dann konnte er sich mangels Brennstoffnachschub den Gedanken abschminken, jemals wieder zu Mütterchen Russland zurückzukehren. Ihm blieb nur eins, er musste seinen Versorger retten und verhindern, dass wir dazu kamen, eine Positionsmeldung über ihn in den Äther zu funken. Beides konnte er nur dadurch erreichen, dass er die *Minnow* zu den Fischen schickte.

»Abstand zum Frachter?«

»Etwa acht Meilen, und er kommt damit langsam in den Bereich unseres Aktivsonars, Sir.«

»Melden Sie, wenn wir bis auf fünf Meilen an ihm dran sind.«

Die Warterei begann. Sieben, acht Minuten sind zwar keine sehr lange Zeit, aber sie können einem so vorkommen. Meine Männer wurden langsam unruhig, zumal der Russe erkennbar nichts unternahm. Offensichtlich hatten wir es mit einem ziemlich abgebrühten Gegner zu tun.

»Abstand zum Frachter: Fünf Seemeilen, Sir!«

»Demnach dürfte er in Bälde hochkommen, um uns einen Torpedo zu verpassen, wobei er wahrscheinlich versuchen wird, uns seitlich zu erwischen. Sowie er Kurs wechselt, melden!«

Ab einer Entfernung von drei Meilen würde ich meinerseits einen Aal auf den Frachter abfeuern können, auch wenn ich den nicht hatte. Der russische Kommandant kam in Zugzwang.

»Ich vernehme klopfartige Geräusche, Sir, aber auch irgendwie scheppernd und klirrend!« Der Sonarmann tat sich mit der näheren Bestimmung etwas schwer.

Trotzdem ahnte ich, was auf dem russischen Boot vorging. In der Phase, da wir ihn nicht hören konnten, hatte der Kommandant die Torpedoklappen schließen lassen, und seine Leute waren jetzt dabei, ein, zwei Aale aus den Bugrohren zu ziehen, um eine Korrektur an deren vorab eingestellten Sicherheitsabständen vorzunehmen. Falls der zu groß war, konnte er nämlich nicht feuern, weil er selbst zu nahe an uns als eigentlichem Ziel dran war. Die XXI-Boote verfügten zwar über Schnellladevorrichtungen, mit denen es möglich war, alle sechs Bugrohre innerhalb von zwanzig Minuten nachzuladen, doch die spannende Frage war, wie lange er für die Umstellung der Suchsysteme an mutmaßlich zwei Torpedos brauchen würde.

»Mister Michaels, halten Sie etwas nach Backbord, und staffeln Sie näher an ihn ran!«

»Er ist bereits vorlicher als querab, Sir.«

»Ich weiß. Gleicher Kurs, nur eine halbe Meile weiter an Backbord. Kriegen Sie das hin?«

»Sicher doch, Sir!«

Eine Flut von Befehlen ergoss sich über die Rudergänger, während ich an den Kartentisch trat und die sauberen Eintragungen studierte. Auf dem jetzigen Kurs gab es auf den nächsten Meilen keine Untiefen, die dem Russen hätten Probleme bescheren können.

Er hatte freies Wasser vor sich, mindestens dreihundert Faden tief, und konnte daher den Zeitpunkt beliebig wählen, an dem er seine Tiefe aufgab, jedenfalls solange ich nicht in Schussweite auf seinen Versorger war. Bis zur Umstellung seiner Torpedos hatten wir eine Art Schonzeit.

»Arbeitsgeräusche sind verstummt, er öffnet die Klappen!«

»Bläst er Zellen an?«

»Nichts zu hören, Sir, aber der Winkel zu uns ändert sich.«

»Hart Steuerbord!«

»Ruder liegt hart Steuerbord!«

Die *Minnow* kippte förmlich auf die andere Seite, als sie abrupt wegscherte.

»Er dreht, wandert ebenfalls nach Steuerbord! Abstand eintausend Yards, peilt in Rot, eins-zwo-null!«

Vage Hoffnungen darauf, die vielleicht mancher insgeheim gehegt haben mochte, dass er keine zielsuchenden Torpedos mit sich führte, waren damit endgültig hinfällig geworden. Von unserer harten Drehung hatte sich der Russe nicht überraschen lassen, aber er wäre auch so oder so in Schussposition gekommen.

Vereinzelte Schreckensrufe kamen auf.

»Bereithalten zum Notaufstieg. Anblasen auf mein Zeichen!«

»Torpedo läuft!«

»Peilung! Verdammt noch mal, wo bleibt die Peilung?«

»Torpedo in Rot, eins-zwo-fünf!« Der Sonarbeobachter lauschte in seine Kopfhörer. »Keine Aktivortung!«

Mit anderen Worten, wir verfügten über keine Abstandsbestimmung. Mir blieb keine andere Wahl. »Anblasen! Ruder Mittschiffs, vorne unten fünfzehn, hinten oben fünf!«

Bei der Fahrt, die das Boot machte, richtete sich der Bug beinahe augenblicklich auf, und wir griffen nach jedem Halt, der sich uns bot. Der Streifschuss, den Willy Mertens mir verpasst hatte, meldete sich nachdrücklich mit einem stechenden Schmerz, als ich mich an den Schottrahmen klammerte. Pressluft zischte in die Zellen. Mit halbem Ohr hörte ich Michaels die Zellen durchgehen: »Drei, vier, ... jetzt! Hinten Null!«

Ein schrilles helles Ping traf in schnellem Rhythmus unsere Bootshülle. Der Torpedo hatte uns erfasst.

Der Zeiger der Fahrtmessanlage hatte inzwischen den rechten Anschlag erreicht. Ich war mir aber ziemlich sicher, dass wir schneller als die einundzwanzig Knoten waren, bis zu denen der Skalenbereich reichte. Das große Boot hatte eine ziemliche Maschinenleistung und vor allem mehr Auftrieb als das kleine Barracuda zu bieten.

Die Antwort auf die Frage, warum der Russe nur einen Aal auf uns abgeschossen hatte, war so offensichtlich, als habe er sie in großen Lettern auf unsere Bordwand gepinselt. Er war in der Nähe gewesen, als wir unsere zielsuchenden Torpedos getestet hatten, und kannte das Manöver, das ich mit dem Barracuda ausgeführt hatte, um dem Aal zu entkommen. Er wusste, wir konnten diesen Torpedo abhängen, aber keinen zweiten, nachdem wir erst einmal mit der *Minnow* die Wasseroberfläche durchbrochen hatten.

Mit einem Mal lief alles rasend schnell ab. Auf der Skala des Tiefenmessers rauschten die Werte nur so durch: zweihundert Fuß … einhundertachtzig … einhundertfünfzig … »Festblasen, alle Zellen fluten!« Ich brüllte meine Befehle in das herrschende Durcheinander und konnte nur darauf bauen, dass genügend Leute kaltblütig genug geblieben waren, um sie auch prompt umzusetzen. Von achtern und unten schnitt immer noch das grelle Ping des Aals in mein Hirn.

»Vorne oben fünfzehn, hinten oben zehn!« Schnellentlüfter knallten auf. Beinahe zögernd schien sich der Bug zu senken, aber ich wusste, der Eindruck trog, weil das Heck sich ebenfalls senkte. Für die Fische musste die *Minnow* gerade einen irren Anblick bieten, denn die Tiefenruder erzeugten Vortrieb.

Der Zeiger am Tiefenmesser wurde langsamer, und ich hielt den Atem an, denn alles kam auf den richtigen Moment an. Dann hielt er an – für die Ewigkeit einer Sekunde, aber wer vermochte das schon zu sagen? Ein kurzer Moment des Verharrens, eine unsichere Balance, die gleich wieder umkippen würde. Das Aktivsonar des Torpedos und das laute Knacken unserer beanspruchten Zelle waren so ziemlich die einzigen Geräusche.

Dann, ich spürte es mehr, als dass ich eine Bewegung des Zeigers sah, setzte unser Weg nach unten ein. »Hart Backbord! Steuerbord voll voraus, Backbord voll zurück!« Mein Kopf ruckte herum. »Sonar, wie peilt der Russe?«

»Rot, eins-eins-null, er läuft jetzt langsamer!«

Das war zu erwarten gewesen, schließlich wollte er nicht die Aufmerksamkeit seines eigenen Aals auf sich lenken.

Die *Minnow* schwenkte nach Backbord, noch bevor wir wieder in die Horizontale kamen. Mit immer noch leicht nach oben gerichtetem Bug, aber schon durch die Drehung auf die Seite gedrückt, begannen wir abzusacken, während die Schrauben uns in einen engen Bogen drückten. »Peilungen! Wo bleiben die Peilungen?«

»Er steht in Rot, null-sechs-null, etwa vier Knoten. Schraube läuft wieder an. Zwölfhundert Yards!«

In dieser Partie Unterwasserschach, bei der es um Leben oder Tod ging, war der russische Kommandant bis zu diesem Augenblick ein ebenbürtiger Gegner gewesen. Aber nun hatte er damit seine zweite Option verspielt: Seinen nächsten Torpedo mit kurzer Sicherheitsstreckeneinstellung hätte er nur feuern dürfen, wenn sein Boot selber keine Maschinengeräusche verursachte.

In mir machte sich eine grimmige Kälte breit. Dreihundert Fuß gingen gerade durch. Zwölfhundert

Yards Abstand bedeuteten für uns über den Daumen zweieinviertel Minuten, für den Torpedo jedoch gerade einmal vierzig Sekunden, eher sogar noch weniger, denn für einige weitere Momente schoben die Schrauben des Russen das Boot immer noch weiter in unsere Richtung, bevor die Ruder Druck hatten und den Rumpf herumdrückten.

»Er dreht!« Der Sonarmaat schien in seine Kopfhörer kriechen zu wollen. »Backbord!«

»Maschinen Stopp! Ruder Steuerbord zehn! Tiefenruder unten zehn!«

Das angestrengte Summen der E-Maschinen verstummte. Wir waren alles andere als perfekt getrimmt, nach wie vor sackte die *Minnow* langsam nach unten, obwohl die Tiefenruder diese Bewegung abbremsten. Stille senkte sich über das Boot, nur unterbrochen von einigen leise gemurmelten Stoßgebeten.

Dann hörten wir den Aal mit bloßen Ohren, rasende Schrauben, ein lautes grelles Ping. Wie ein Schnellzug brauste der elektrische Torpedo auf uns zu. Unser aller Nerven waren zum Zerreißen gespannt. Das furchteinflößende Geräusch kam näher, wurde lauter … und verschwand wieder.

»Torpedo hat neu erfasst.« Wen oder was war klar. »Neunhundert Yards!«

Der Russe versuchte immer noch, mit voller Kraft von uns wegzukommen und hatte wahrscheinlich die tödliche Gefahr, die nunmehr auf ihn statt auf uns zukam, noch gar nicht erkannt. Neunhundert Yards bedeuteten eine Torpedolaufzeit von fünfundzwanzig Sekunden. Wie gebannt beobachteten wir den Sekundenzeiger der großen Uhr in der Zentrale.

Die erste Explosion, die erfolgte, war nicht einmal sonderlich laut, eher dumpf. Doch dann zerrissen weitere mächtige Detonationen die Stille. Sein eigener Torpedo musste den Iwan irgendwo achtern erwischt haben, vermutlich im Bereich einer Treibölzelle nahe des E-Maschinenraums. Den Rest erledigten Brennstoff, Munition und Reservetorpedos von selbst. Ich ertappte mich bei dem Wunsch, dass die Schotten zwischen den Abteilungen des sterbenden Bootes nicht geschlossen gewesen waren. Schlimmer noch als ein schneller Tod waren dicht gebliebene Abteilungen, die als stählerne Grabkammern in die Tiefe taumelten und in denen die Männer darauf warteten, vom Wasserdruck zerquetscht zu werden. Der immerwährende Alptraum eines jeden U-Boot-Fahrers bei allen Marinen dieser Welt.

Dann erreichte uns die Druckwelle. Harte Schläge beutelten die *Minnow*, der Zeiger des Tiefenmessers schlug bis über unsere theoretische Zerstörungstauchtiefe aus. Scharfe Wasserstrahlen schossen durch lädierte Schweißnähte, zerplatzende Lampen in der Zentrale sandten einen Splitterregen auf uns herab, die Utensilien auf dem Kartentisch flogen durch die Luft, als unser Boot sich schwer überlegte. Ich verlor den Halt und segelte schmerzhaft gegen den Sehrohrschacht, weiteres Blut rann aus meiner Schusswunde und durchnässte mein ohnehin schon rot gefärbtes Uniformhemd noch mehr. Melder kamen angerannt, und das Stakkato der Meldungen begann.

»Stopfbuchse achtern macht Wasser!«

»Hilfslenzpumpe unklar!«

»Kreiselkompass unklar!«

»Verdammter Scheißsicherungskasten!« Ganz sicher war das keine formale korrekte Meldung, doch was sollte es?

»Abgasklappe undicht!«

Während die Männer loshasteten, um sich um die Schäden zu kümmern, lehnte ich mich vorsichtig und zugleich erleichtert gegen den Kartentisch. Wir hatten den Schlamassel überlebt, und das war das Einzige, was im Moment zählte. »Mister Michaels, bringen Sie das Boot an die Oberfläche!«

* * *

Als ich aus dem Luk auf den Turm geklettert kam, empfing mich ein wohltuend frischer Wind. Lieutenant Michaels war mit der Brückenwache schon seit einer Viertelstunde dort oben, doch ich hatte es nicht ein weiteres Mal geschafft – Kommandant hin oder her –, den SBA davon abzuhalten, mir einen ordentlichen Verband um meinen Brustkorb zu verpassen. Ich kam mir vor, als steckte ich in einem Korsett.

Michaels ließ das Glas sinken. »Keine Spur von Überlebenden.«

Mit einem Nicken quittierte ich schweigend die

Meldung, denn etwas anderes war auch nicht zu erwarten gewesen. Mit Tauchrettern hatten U-Boot-Fahrer allenfalls bis zu Tiefen von maximal zweihundert Fuß Überlebenschancen, doch den Russen hatte in über vierhundert Fuß sein selbst verursachtes Schicksal ereilt. Alles, was von ihm geblieben war, war ein großer Ölfleck, der in der bewegten See schillerte. Ohne zu wissen, von wem die Worte eigentlich stammten, sagte ich mehr für mich: »So sehen also die Blumen aus, die sie auf unsere Gräber pflanzen.«

»Wie bitte, Sir?«

»Ach was, Lieutenant, vergessen Sie es. Sie haben sich heute auf alle Fälle wacker geschlagen.«

»Danke, Sir!«

Mein Blick erhaschte die Rauchfahne, die sich beinahe schon am Horizont befand. Der Frachter hatte nicht gestoppt, und mit allem, was der Kolcher hergab, machte sich der Versorger auf den Weg auf die offene See. »Gehen Sie auf Heimatkurs und bringen Sie uns zurück zur Basis, XO!«

* * *

»So ganz verstehe ich den Sachverhalt immer noch nicht!«, erklärte Captain Rickover misslaunig und kaute auf seiner erkalteten Zigarre rum. »Wieso hat der Aal den Russen erfasst, nachdem der verdammte Torpedo doch eigentlich Sie im Aktivsonar haben musste?«

»Das hatte er mit Sicherheit auch. Aber die tatsächlich spannende Frage war, worauf das Ding letztendlich zuhalten würde, wenn Aktiv- und Passivsonar ihm unterschiedliche Ziele anzeigten.«

»Sie haben um alles oder nichts gepokert?« Rickover starrte mich entgeistert an. »Sie müssen verrückt sein.«

»Es war eine verzweifelte Situation, Sir, und Commander Thomsen ...« Richardson, mein oberster Boss, versuchte mir beizuspringen.

»Sorry, Gentlemen, aber bei dem von mir vorexerzierten Manöver habe ich nicht blind gepokert, auch wenn Ihnen das vielleicht so vorkommen mag. Aber schon bei unseren eigenen Tests mit zielsuchenden Torpedos sind wir auf das Phänomen gestoßen, dass ein Aal sich ab einem bestimmten Zeitpunkt fast ausschließlich nach dem Passivsonar orientiert.«

»Und haben Sie, Commander, dafür eine plausible Erklärung?«, fragte Burnham, der ebenfalls dieser Runde mit angehörte.

»Das Aktivsonar sendet einen Ton aus und empfängt ihn nach einer gewissen Zeit wieder. Aus der Zeit ergibt sich der Abstand, aus der Richtung die Peilung zum Ziel. Das funktioniert natürlich nur, wenn der zurückkehrende Ton stark genug ist, um überhaupt noch aufgefangen zu werden.«

»Und wo liegt dabei der Pferdefuß, Commander?«, fragte der Ingenieur sichtlich gespannt.

»Aktivsonar orientiert sich an der Zeit, Passivsonar an der Stärke. In der Zielsuchrechnungsvorrichtung wird beides kombiniert. Solange beide in die gleiche Richtung wollen, okay. Aber wenn die beiden Systeme unterschiedliche Ziele haben und eines davon laut und nahe ist, das andere leise und noch näher, dann ist die Passivortung übergewichtet, weil sie durch die Nähe und die Lautstärke einen sehr starken Kontakt liefert. Eigentlich ganz logisch.«

»Und auf den Trichter sind Sie so ganz nebenbei verfallen, während der Russe der *Minnow* an den Kragen wollte?« Rickovers Stimme klang, als würden seine Stimmbänder beim Sprechen über ein Reibeisen geschleift.

»Die Gelegenheit für eine solche Idee war eben günstig, Sir.«

Rickover schüttelte den Kopf, als könne er dies immer noch nicht fassen. »Mister Richardson, dieser Deutsche mag verrückt sein, total verrückt, aber ich will, dass er die *Nautilus* testet, wenn es so weit ist.«

»Auf den Gedanken sind wir schon vor Ihnen gekommen, Captain«, erklärte mein Chef gelassen.

Diese Aussage schmeckte Rickover, in beruflichen Dingen eitel, nicht sonderlich, und er runzelte die Stirn. »Na wie schön!«, rang er sich immerhin ab. »Doch bis dahin habe ich eine andere Aufgabe für Sie, Commander Thomsen. Ich möchte, dass Sie sich in der Torpedofrage mit den Leuten von Westinghouse und weiteren Experten zusammensetzen. Sie haben bereits einmal vorgeführt, wie man unsere sogenannte Wunderwaffe wirkungslos macht, und nun haben Sie den Russen sich an seinem eigenen Aal verschlucken lassen. Ich habe daher den Eindruck gewonnen, den Waffenleuten könnte eine gehörige Portion Input aus Ihrer Praxiserfahrung nur guttun, Commander. Wir sind dabei, das U-Boot der Zukunft zu entwickeln, und dessen Bewaffnung muss absolut top sein, damit wir nicht mit einem Zahnkranken Superhai durch die Meere pflügen.«

Der Captain griff nach seiner Mütze. »Sie entschuldigen mich jetzt, Gentlemen, aber ich werde in Washington erwartet.«

Wir warteten ab, bis Rickover gegangen war. Richardson schnaufte erst einmal tief durch. »Man weiß bei dem Mann nie, woran man wirklich bei ihm ist.«

»Und wie geht es jetzt weiter?«

Mein Chef sah mich leicht befremdet an. »Sie mit Ihrem Streifschuss gehören erst einmal ins Bett.« Und mit einem Lächeln setzte er hinzu: »Sie haben wirklich einen verdammt guten Job gemacht. Ansonsten wird der Zwischenfall natürlich von allen Seiten unter der Decke gehalten werden. Der Navy ist nichts daran gelegen, dass publik wird, dass ein russisches U-Boot wochenlang unbemerkt vor unserer Ostküste operierte. Und die Russen werden auch wohl kaum in der Weltgeschichte herumposaunen, dass sie ein U-Boot verloren haben, das sich in amerikanischen Hoheitsgewässern rumgetrieben hat.«

»Die verständlichen Geheimhaltungsinteressen werden den Prozess gegen Commander Mertens schwierig gestalten. Auch wenn er spioniert hat und es klar ist, wie das Urteil lauten wird, so hat er trotzdem wenigstens ein faires Verfahren verdient, denn er hat das ja nicht freiwillig und aus innerer Überzeugung heraus gemacht, sondern wurde von der kommunistischen Seite her erpresst.«

»Erpressung hin oder her, jedes Gericht wird ihn wegen Hochverrats auf den Stuhl schicken, und Sie wissen das ebenso gut wie ich, Commander Thomsen«, erklärte Richardson. »Warten wir ab, was kommt, denn im Augenblick gibt es nichts, was Sie in dieser Angelegenheit tun könnten.«

»Sieht so aus, Sir.« Ich erhob mich und stülpte mir die Mütze auf den Kopf. »Dann trete ich mal meinen Krankenurlaub an.«

»Tun Sie das! Und wenn wir etwas hören ... Sie sind der Erste, der es erfährt.

»Danke, Sir!«, sagte ich und ging zur Tür. Noch bevor ich sie ganz hinter mir zugezogen hatte, hörte ich, wie Burnham fragte: »Täusch ich mich oder ist und bleibt er trotz allem immer noch sein Freund?«

* * *

Es war eine hektische Zeit, in der viel passierte und die Welt sich in zwei große politische Machtblöcke aufgespalten hatte, die einander misstrauten und sich scharf beäugten. Beide Seiten setzten Spione ein, beide Seiten setzten auf ihren Territorien alles daran, technologisch selbst nicht ausspioniert zu werden.

Spione, die enttarnt worden waren, hatten manchmal das Glück, dass die gegen sie ergangenen Gerichtsurteile nicht vollstreckt wurden, weil es zu einem Agentenaustausch kam. Den Geheimdiensten war es ein gemeinsames Anliegen, allein schon aus Gründen der Aufrechterhaltung der Einsatzmoral, ihre eigenen Leute wieder heimzuholen. Im Herbst dieses Jahres war ein amerikanischer Agent, der auf den militärischen Flugzeugbau angesetzt worden war, dem NKWD ins Netz gegangen. Die CIA wollte ihn rauspauken, die Russen Willy Mertens.

Es war kurz nach Weihnachten, der geräumte Schnee an den Rändern der Friedrichstraße hatte sich vom Ruß der Ofenheizungen schwarz gefärbt, und obwohl eine Saukälte herrschte, war ich froh, in Berlin dabei zu sein. Trotz der frühen Morgenstunde drang unaufhörlich vom nahegelegenen Zentralflughafen Tempelhof das Motorengebrumme der Rosinenbomber zu uns, die im Fünf-Minuten-Takt dort landeten und starteten, um im Rahmen der Luftbrücke die von den Russen blockierte Stadt mit Versorgungsgütern am Leben zu erhalten.

»Ich glaube, es tut sich was«, stellte Smith fest, als ein dunkler Moskwitsch langsam auf uns zugerollt kam und in der Nähe des russischen Wachhäuschens anhielt.

»Soll ich die beiden jetzt holen?«, fragte der junge CIA-Mann, den Smith mir als Dyke vorgestellt hatte.

Die beiden, das waren Willy Mertens und Glynis Wayne.

»Tun Sie das«, forderte Special Agent Smith ihn auf.

Als hinter mir, Schritte erklangen, drehte ich mich um. Willy war hagerer geworden, aber noch immer blitzte in seinen Augen die Unbekümmertheit, die seine Maske war. Vermutlich wäre er dergestalt auch auf den elektrischen Stuhl marschiert, hätte das Schicksal dies so bestimmt. Für einen Augenblick standen wir einander gegenüber, sahen uns an. Was hätte es nicht noch alles zu sagen gegeben! Willy überspielte die Situation mit einem schiefen Grinsen. »Zum Mini-Helden der Sowjetunion hat's wenigstens gereicht.«

»Trödeln Sie nicht rum!«, fuhr Dyke ihn an. »Stellen Sie sich hier vorne hin. Die Russen werden sich vergewissern wollen, dass wir die richtigen Leute schicken.«

Smith richtet ein Fernglas auf die andere Seite und musterte die Person, die dort aus dem Moskwitsch geholt wurde. »Das ist zweifellos unser Mann!«, stellte er fest.

»Sie und die Lady gehen jetzt schön langsam und ruhig hinüber auf die andere Seite«, ordnete Dyke an. »Und versuchen Sie ja nicht …«

»Bin ja nicht blöde!«, fauchte Glynis ihn wie eine Raubkatze an.

»Das will ich für Sie hoffen, denn ansonsten …«

»Dyke, es reicht!«, fuhr Smith ihm in die Parade.

Ein letzter Blick von Willy streifte mich. Dorthin, wo sein weiterer Lebensweg ihn nun führte, hatte er ganz sicher nicht gewollt, aber vielleicht würde es ihm wenigstens vergönnt sein, Gaby, der einzigen und großen Liebe seines Lebens, wiederzubegegnen.

Glynis und er trotteten gen Norden die Friedrichstraße hinunter. Den Mann, der ihnen entgegenkam, würdigten sie keines Blickes, als gäbe es ihn überhaupt nicht.

Zwei Russen in Zivil nahmen die beiden in Empfang. Plötzlich ging alles sehr schnell. Autotüren schlugen zu, ein Motor heulte auf, und dann war alles vorbei, als sei es nur ein Spuk gewesen. Smith und ich wandten uns um. Den ausgetauschten amerikanischen Agenten hatte Dyke bereits in unseren Wagen verfrachtet. Über unseren Köpfen brummten die Rosinenbomber und machten noch einmal nachdrücklich deutlich, dass wir uns mitten im Kalten Krieg befanden.

Erik Maasch

Die U-Boot-Romane

www.ullstein-buchverlage.de

Auf *Duell mit dem nassen Tod* (ISBN 978-3-548-26279-6), *Tauchklar im Atlantik* (ISBN 978-3-548-26134-8) und *Auf Sehrohrtiefe vor Rockall Island* (ISBN 978-3-548-24741-0) ließ Erik Maasch ebenfalls bei Ullstein Maritim bislang elf U-Boot-Romane um und mit Arne Thomsen folgen. Hier deren Chronologie:

Die U-Boot-Falle
ISBN 978-3-548-25773-0

U 115: Jagd unter der Polarsonne
ISBN 978-3-548-26658-9

U 115: Operation Eisbär
ISBN 978-3-548-25651-1

U 115: Nacht der Entscheidung
ISBN 978-3-548-25912-3

U 112 auf Feindfahrt mit geheimer Order
ISBN 978-3-548-25087-8

Im Fadenkreuz von U 112
ISBN 978-3-548-26462-2

U-Boote vor Tobruk
ISBN 978-3-548-26812-5

Letzte Chance U 112
ISBN 978-3-548-28081-3

Das U-Boot-Tribunal
ISBN 978-3-548-26740-1

U 2532: Bis zum bitteren Ende
ISBN 978-3-548-26467-7

U-Boot-Winter
ISBN 978-3-548-28091-2

maritim

Mar. 09